Herausgeberin: Gudrun Schutting-Wieser

Umschlaggestaltung: Bernd Kienreich
Illustration: Schülerinnen und Schüler des Akademischen Gymnasiums Graz
Lektorat: Marion Wiesler

Gastautoren:
Andreas Unterweger
Peter Gartlgruber

Verlag: myMorawa von Morawa Lesezirkel GmbH
978-3-99057-823-0 (Paperback)
978-3-99057-824-7 (Hardcover)
978-3-99057-825-4 (e-Book)

Printed in Austria

444

...und nun ein Krokodil

Ein Romanprojekt des Akademischen Gymnasiums Graz

Gudrun Schutting-Wieser (Hg.)

Vorwort I.

Das Akademische Gymnasium Graz feiert am 12. November 2017 seinen 444. Geburtstag. Mit dem Stiftungsbrief vom 12. November 1573 begründete Erzherzog Karl II. von Innerösterreich die Lateinschule der Jesuiten, das Gymnasium, das bald 6 Klassen umfasste. Als „Fortsetzung des Gymnasiums nach oben" wurde 1585 die Universität Graz gegründet, so dass beide Schulen eine Einheit bildeten, woraus sich die Bezeichnung „Akademisches Gymnasium" erklärt. Mit der Aufhebung des Jesuitenordens im Jahre 1773 wurden Gymnasium und Universität in staatliche Verwaltung übernommen. 1849 wurden Gymnasium und Universität getrennt und die Schule fortan achtklassig geführt. 1869 wurde nach der Gründung eines zweiten Gymnasiums in Graz aus dem Akademischen Gymnasium das „K.K. I. Staatsgymnasium". 1890 siedelte die Schule vom sogenannten Taubenkobel in der Hofgasse in das heutige Gebäude am Tummelplatz. 1921 erfolgte eine weitere Umbenennung in „1. Bundesgymnasium", 1924 erhielt die Schule wieder den alten Namen „Akademisches Gymnasium". Bis auf Weiteres sollte es so bleiben!

Viele Generationen von Schülerinnen und Schülern absolvierten das Akademische Gymnasium, ihre Lebensträume und deren Verwirklichung begannen hier. Das Haus ist erfüllt vom Geist unzähliger Lehrender und Lernender. Man spürt die Tradition und gleichzeitig wird in der Gegenwart der innovative akademische Auftrag zur ganzheitlichen Bildung junger Menschen erfüllt.

Daraus erwächst viel Geisteskraft und Phantasie - und wenn in der Schule noch dazu ein echtes Krokodil (Crocodilus Niloticus, Nilkrokodil, erlegt im Mai 1911 nördlich von Faschoda, Sudan, der Schule übergeben von Graf von Herberstein und Proskau) an der Wand im Erdgeschoß hängt, entstehen unweigerlich Geschichten.

Durch die Initiative von Gudrun Schutting-Wieser, Herausgeberin dieses Buches und selbst Lehrerin an der Schule, entstand dieser besondere Schulroman, der wiederum tiefe Einblicke in die Schulgeschichte gewährt.

Ein Schuljubiläum muss nicht immer rund sein, es kann auch einmal ein „eckiges“ Jubiläum mit außergewöhnlichen Geschichten gefeiert werden, gerade um zu zeigen, wie wichtig eine lebendige Phantasie ist, um Bleibendes zu schaffen.

Hildegard Kribitz, Direktorin

Graz, 2017

Vorwort II.

Wenn eine Schule das epische Alter von 444 Jahren erreicht – und wir, das heißt das Akademische Gymnasium in Graz, haben nun als ältestes Gymnasium der Steiermark diese Marke überschritten – dann ist das eindeutig ein Grund, etwas wirklich Außergewöhnliches anzustellen.

So kam es, dass sich eine Gruppe engagierter und vor allem talentierter Schülerinnen und Schüler von der ersten bis zur fünften Klasse zusammenfand, um ein „Schulbuch" zu schreiben. Selbstverständlich kein Schulbuch im herkömmlichen Sinne, sondern ein Buch *über* die Schule. Allerdings sollte auch dies nicht bloß eine Sammlung der wichtigsten Daten und Fakten der 444-jährigen Geschichte unseres Gymnasiums werden, sondern etwas ganz Anderes: ein Roman, genau genommen ein Fantasy-Roman, der nicht irgendwo am Rand der Welt oder jenseits davon spielt, sondern hier - in unserer Schule, im Akademischen Gymnasium mitten in Graz.

Die Arbeit an diesem Werk fand neben dem regulären Unterricht in zahlreichen nachmittäglichen Treffen statt. Recherchieren, schreiben und zeichnen mussten die Schülerinnen und Schüler in ihrer Freizeit. In einem der ersten AutorInnen-Treffen wurde zunächst eine grobe Handlung entworfen, immerhin galt es, fast zwanzig Autoren und Autorinnen und dazu vier Illustratorinnen und Illustratoren auf eine gemeinsame Linie zu bringen. Außerdem wollten wir auch noch Absolventen und Absolventinnen für unser Projekt gewinnen, die uns ebenfalls einen Text für unseren Roman „spendierten" - kein Wunder also, dass es auch noch fünf OrganisatorInnen bedurfte, damit kein Mail verloren ging und alles halbwegs rechtzeitig fertig werden konnte.

Schlussendlich entwickelte sich nicht nur die Arbeit an unserem Jubiläums-Roman zu einer mitreißenden Berg- und Talfahrt zwischen Schulstress und Kreativitäts-Anfällen, sondern auch die Geschichte selbst.

Um die Rahmenhandlung, welche die einzelnen Texte zusammenhält und miteinander verbindet, kümmerten sich vor allem Helene Lanschützer, Ifeoma Moira Ikea, Ida Stettner, Anna Schlegl und Anna Penker, die nicht nur ein besonderes Wesen in unserem Schulhaus zum Leben erweckten (im Vorwort darf ich natürlich noch nicht allzu viel verraten), sondern auch die Handlung in ein spannendes Finale trieben, das man so sicherlich nicht von Anfang an erwartet.

Im weiteren Verlauf des Projektes, welches sich über das ganze Sommersemester 2016/17 erstreckte, wurden nach und nach die Bausteine für die Handlung zusammengetragen, geheimnisvolle Spuren ausgelegt und zahlreiche, völlig unterschiedliche Texte verfasst. Das Ergebnis halten Sie nun in Ihren Händen, und ich hoffe, dass Sie an der Lektüre genauso viel Freude haben, wie wir beim Verfassen dieses Werkes.

Danke an alle, die dieses Projekt möglich gemacht haben.

Bei den beiden „Gastautoren", Absolventen unserer Schule, Peter Gartlgruber und Andreas Unterweger, möchte ich mich an dieser Stelle besonders für ihre „Text-Spenden" bedanken.

Gudrun Schutting-Wieser

Graz, 2017

Kro|ko|dil, das; -s, -e <griech.>

> bezeichnet die Ordnung der *amniotischen Landwirbeltiere*

In einem spezielleren Sinn wird der Begriff „Krokodil“ auch auf die *Echten Krokodile* (Crocodylidae) angewendet, im Gegensatz zu der Gruppe der Alligatoren oder Gavialen.

Wie alles begann

Ifeoma Moira Ikea, Helene Lanschützer, Ida Stettner

Es war ein ziemlich trüber Novembertag. Auf dem Tummelplatz in Graz herrschte eine bedrückende Stimmung, wie vor einem Gewitter. In dem Schulgebäude, das dort stand, merkte man davon aber kaum etwas. Es hatte gerade eine Zehn-Minuten-Pause begonnen und die Schülerinnen und Schüler hatten ganz andere Probleme als das Wetter.

Im Erdgeschoss der Schule schlichen sich gerade einige Erstklässler wagemutig in Richtung Hintertreppe, während die Parallelklasse nebenan die Zeit nachholen musste, welche sie im Unterricht mit laut sein, tratschen und sonstigen Dingen, die nichts mit Lernen zu tun haben, vergeudet hatte.

Im ersten Stock spielten ein paar Zweitklässler Abfangen, einige Fünftklässler, die sich als Wanderklasse im ersten Stock ziemlich fehl am Platz fühlten, beobachteten sie dabei kritisch. Eine Bande Drittklässler zettelte gerade eine Rauferei an, wobei allerdings niemand so recht wusste, wieso sie eigentlich gerade übereinander herfielen, und ein paar Burschen verewigten sich mit mehr oder weniger coolen Sprüchen und Unterschriften an der „Bunten Wand“. Vereinzelte Lehrer versuchten, sich mit ihren vielen Mappen und Arbeitszetteln einen Weg durch die Schülermassen zu bahnen.

Viel ruhiger war es im zweiten Stock - mit Ausnahme des Schulbuffets. Dort wurde gedrängelt und geschubst, denn jeder, der keine Jause hatte, wollte sich etwas kaufen. In den Klassen wurde geredet und gelacht. Der eine machte sich damit beliebt, jedem - außer seinem erkorenen Erzfeind - ein Stück seiner Jause abzugeben, der andere tröstete seinen Sitznachbar, weil dieser einen Fünfer auf eine Schularbeit kassiert hatte. Eine Lehrerin, die gerade Gangaufsicht hatte, betrat eine vierte Klasse voller grölender Schüler, die gerade mit großer Spannung einer Gruppe Mädchen über die Schulter schauten. Kurz darauf kam die junge Pädagogin mit zufriedenem Gesicht und ein paar konfiszierten Handys wieder aus der Klasse.

Einige Achtklässler prahlten damit, wie viel sie von ihren vorwissenschaftlichen Arbeiten schon geschafft hätten, während andere sich vornahmen, diese Woche *wirklich* damit zu beginnen.

Im dritten Stock warteten Sechstklässler vor dem Physiksaal auf ihre Griechischstunde und Viertklässler malten im BE-Raum abstrakte Bilder... oder was sie dafür hielten.

Bis jetzt war es eigentlich ein ganz normaler Schultag, doch das sollte sich noch ändern…

Während Professor A. am Getränkeautomaten im Erdgeschoss nach Kleingeld in ihrer Tasche suchte, hörte sie plötzlich ein Geräusch, das stark an eine defekte Klospülung erinnerte. Um präziser zu sein war es eine Mischung zwischen Löwengebrüll, Limonadenresten, die lautstark durch einen Strohhalm eingezogen wurden, Schnurren und dem dezenten Dröhnen scheppernden Blechs. Ein sehr alarmierendes Geräusch, vor allem, wenn man sich nahe der Toilette aufhielt, die vorwiegend von Erstklässlern genutzt wurde. *„Eine kaputte Toilette kann bis zu 4000 Euro Schaden verursachen."* Diese Worte hallten im Kopf der Lehrerin wieder, als sie sich umdrehte. Doch was sie sah, war schlimmer als jede verstopfte Schülertoilette der Welt…

Nur etwas mehr als einen Meter von ihr entfernt stand ein leise zischendes, rasselndes, schnurrendes, nach Blech klingendes...

Krokodil!

Ein heiseres Quieken entrang sich der Kehle der Lehrerin. Während sie unfähig war, klar zu denken, registrierte ihr Gehirn, dass der Platz über der Plakette „Nilkrokodil, 1911" leer war. Plötzlich machte es *Klick* und die provisorische Leichenstarre fiel von ihr ab. Innerhalb eines Augenblickes rannte die junge Pädagogin auf den Lift zu und fummelte, so ungeschickt wie noch nie, ihren Schlüsselbund hervor. Am ganzen Leib zitternd, versuchte sie sich zu erinnern, welcher der vielen Schlüssel der richtige war.

Als sie endlich den passenden Schlüssel gefunden hatte, war sie sich sicher, verrückt geworden zu sein.

Aber solche Dinge waren jetzt irrelevant! Mit zitternden Händen versuchte Professor A., das kleine Metallstück in das Liftschloss zu stecken. Das erwies sich als komplizierter als normalerweise... hatte sie nicht vor kurzem noch ihren Schülern in Biologie das Schloss-und-Schlüssel-Prinzip erklärt?! Der Gedanke an Enzyme und Substrate beflügelte sie kurz und führte dazu, dass der Schlüssel endlich an seinem Platz einrastete. Zugleich mit dem vertrauten Surren der sich öffnenden Türen vernahm sie merkwürdig watschelige Schritte hinter sich, die sie als Bestätigung ihres Wahnsinns ansah.

Kaum hatte sich der Lift endlich geöffnet, sprang sie hinein und drückte auf den erstbesten Knopf - den des Kellers.

Kurz bevor sich die Türen hinter ihr schlossen, quetschte sich das Krokodil jedoch zu ihr hinein. Auf sein grauenhaftes Dampflock-Zischel-Löwengebrüll folgte das hysterische Kreischen der Lehrerin, welches jedoch vom losfahrenden Lift verschluckt wurde.

Die wenigen Sekunden, bevor der Lift im Untergeschoss anhielt, reichten, um Professor A. jegliche Farbe aus dem Gesicht zu wischen. Als sich die Türe zu öffnen begann, drängte sie sich blindlings hinaus, wobei sie beinahe über ihre eigenen Füße – oder noch schlimmer, die des Krokodils - stolperte. Ihrer ersten Eingebung, der Flucht, folgend, rannte sie zuerst durch den Keller und dann in Richtung Stiege. Unter Tränen stürzte sie über die erste Stufe und kroch die weiteren auf allen Vieren nach oben.

Als sie oben war, prallte sie gegen die Glastür, die sie mit zitternden Händen zu öffnen versuchte, was in ihrer verzweifelten Panik einfach nicht gelingen wollte. Die Tür wurde von außen aufgerissen, als der Schulwart den Kellerabgang betreten wollte. Sie warf sich ihm entgegen und schluchzte und kreischte immer wieder: „Gehen Sie auf keinen Fall da runter! Da ist ein Krokodil! Ein Krokodil!".

Der Mann blickte irritiert die Treppen hinunter und bemerkte das große braun-grüne Monster. Mit einem Schrei, der natürlich ganz anders klang als der von Professor A., knallte er die Tür hinter ihr zu.

Was die beiden aufgrund der nun geschlossenen Tür allerdings nicht mehr hören konnten, während sie in Richtung der Direktion rannten, waren die beinahe menschlich klingenden Laute des Krokodils: *„Rhegtsseucch doch nicht ssoauff!"*

* * *

Gudrun Schutting-Wieser

Ich saß wieder einmal über einem Stapel Hefte und versuchte die Schrift meiner Schüler zu entziffern und zu erahnen, ob sich hinter dem expressiven Gekrakel ein Rechtschreibfehler oder bloß eine geniale neue Wortschöpfung verbarg. Mein Arbeitsplatz im Lehrerzimmer, der in etwa die Ausmaße eines luxuriösen Legehennen-Käfigs hatte, war überfüllt mit Zetteln, Büchern, den Resten meiner Jause vom Vortag und unzähligen Kugelschreibern, die ich prinzipiell suchte und immer erst dann fand, wenn ich mir bereits einen neuen zugelegt hatte.

Plötzlich veränderte sich der Ton im Lehrerzimmer. Zuvor war noch das Plaudern der Kollegen aus dem Kaffee-Kammerl zu hören gewesen, das leise Tippen auf unseren vier (!) PC-Plätzen und das übliche Rascheln von Papier. Aus dem Augenwinkel nahm ich wahr, dass unsere Frau Direktor gerade das Zimmer betreten hatte, gefolgt von unserem Schulwart, und mit angespannter Miene mit mehreren Lehrern sprach. Zunächst verstand ich nicht, was sie sagte, aber irgendetwas Wichtiges musste es wohl sein, denn mit einem Mal schienen alle gebannt in ihre Richtung zu lauschen.

Ich legte meinen Kugelschreiber weg und wandte mich zu ihnen um.

„Es ist so," begann die Direktorin, nun offensichtlich zu uns allen sprechend. „Wir haben ein Problem in der Schule." Sie schaute ernst in die Runde, während ich beobachtete, wie sich der Schulwart, verdächtig bleich um die Nase, an den Kasten klammerte. Ich fragte mich, in welcher Ausbildung man lernte, so dermaßen ruhig zu sprechen, wenn ganz offensichtlich irgendwo etwas gewaltig aus dem Ruder lief. „Die Polizei und die... alle sind informiert und es wird alles gut ausgehen. Sie gehen jetzt in Ihre Klassen, so wie es im Stundenplan steht, und verlassen mit den Schülern dann die Schule über die üblichen Fluchtwege. Offiziell ist es einfach eine Übung und..."

„Und was ist es eigentlich?", fragte ein Kollege.

„Es ist noch nicht ganz klar, aber es wurden bereits alle notwendigen Maßnahmen getroffen, um..."

„Ein Amokläufer also?!" Ich weiß nicht, wer das gerufen hatte, aber für einen Moment nahm dieses Wort mein ganzes Denken ein. War etwa das, wovon ich bisher nur in Zeitungen gelesen hatte, wovon vielleicht im Fernsehen hier und da einmal berichtet wurde – was mir immer so weit weg erschienen war, als würde es auf einem anderen Planeten passieren – hier, hier bei uns, in unserer Schule geschehen?!

„Nein," erwiderte die Direktorin nur. „Ein Krokodil ist in der Schule."

Ich bin mir nicht sicher, ob Stille explodieren kann oder ob allein das schiere Entsetzen für einen Augenblick jegliches Geräusch im Raum verschluckte – jedenfalls war es so. Wir alle starrten die Direktorin an, als hätte sie uns soeben mindestens den Besuch einer pädagogischen Delegation von Aliens verkündet.

„Ein Krokodil?", wiederholte eine der Unterrichtspraktikantinnen, ein blondes Mädchen, das man kaum von einer Oberstufenschülerin unterscheiden konnte, die inzwischen in etwa die gräulich-weiße Farbe der Wand im Lehrerzimmer angenommen hatte.

„Kann man das nicht einfach einfangen?"

„Ich mach das nicht," stellte der Schulwart fest.

Bisher hatte ich vor diesem Mann, der mit seinen reich tätowierten Unterarmen bisweilen den Charme eines Nebenerwerbs-Ganoven verbreitete, durchaus Respekt gehabt – nicht nur, weil er die etwas *herausfordernderen* Schüler meiner Klasse hin und wieder zum nachmittäglichen Tischeputzen einlud oder ihnen einen Spachtel in die Hand drückte, um damit die Kaugummis von allen möglichen und unmöglichen Stellen zu kratzen. In meiner glücklichen, naiven Lehrerinnen-Pony-Welt war ein Schulwart da, um all diejenigen Probleme zu lösen, deren man allein mit pädagogischen Maßnahmen nicht Herr werden konnte. Dazu zählten vorrangig kaputte Overhead-Projektoren, stromlose Steckdosen, kaugummiverseuchte Tische – und Krokodile!

Es kostete unsere Frau Direktor sichtlich Mühe, noch einmal das Wort zu ergreifen: „Offenbar hat es bereits einen sehr unangenehmen Vorfall im Keller gegeben, weshalb man das Tier nicht einfach so einfangen kann." Sie schluckte und sofort überschüttete mich meine Phantasie mit allen möglichen blutigen Szenarien, die sich im Keller zugetragen haben könnten. Mir wurde schlecht. „Ich bitte Sie nun in Ihre Klassen zu gehen und die Schüler auf den Bischofsplatz hinaus zu begleiten," wiederholte die Direktorin. „Es wird keinen akustischen Alarm geben, damit das... damit niemand in Panik versetzt wird. Die Kolleginnen und Kollegen, die gerade Pausenaufsicht haben, sollten inzwischen informiert sein. Bitte... bitte bleiben Sie ruhig, es ist ja nur ein... ein Krokodil."

Hilflos schauten wir einander an. Das war also der ganze Plan, das war unser Notfallszenario?! So tun, als wäre alles nur eine Übung und mit den Schülern friedlich, still und leise zur Tür hinaus spazieren und hoffen, dass dieses Vieh uns nicht ausgerechnet auf der Treppe entgegenkommt?! Ich stellte mir die *besonderen Lieblinge* aus meiner Klasse vor, die *ganz sicher* ihre Klappe halten würden, wenn ich sie nur darum bat – vor allem, wenn ich ihnen keinen guten Grund dafür nennen konnte, außer, dass es *wahrscheinlich klüger* wäre keinen Radau zu machen. Für einen grausigen Moment fragte ich mich, ob es meine Aufgabe wäre, mich dem Krokodil in den Weg zu stellen, wenn es sich daran machen sollte, ausgerechnet meine Schüler zu verspeisen. Das stand nicht in der Stellenausschreibung! Verdammt! Ich spürte, wie kalte Panik meinen Rücken empor kroch.

Die Kollegin, die neben mir saß, presste einen Packen Französischbücher an ihre Brust, als wäre allein dies schon Schutz genug gegen jegliche Widrigkeit, die einem der Schulalltag entgegenschleudern konnte. Einer der Sportlehrer hatte den Kühlschrank geöffnet und starrte in die Untiefen des Gefrierfachs, als ob sich inmitten der Überreste vom Buffet des vorletzten Elternsprechtags ein biologisches Vernichtungsmittel finden ließe. Vielleicht war ja der Ei-Aufstrich inzwischen waffenfähig.

Ich sah, wie Franz, den ich schon seit der Uni kannte, lautlos irgendetwas vor sich hin murmelte. Offenbar konjugierte er zur Beruhigung lateinische Verben... Irgendjemand lachte schrill auf, dann öffnete sich die Tür und die Direktorin samt dem bleichen Schulwart verschwand.

„Na dann, bis später," sagte irgendjemand lakonisch.

Ich stand auf und schulterte mechanisch meine Tasche, die wie immer viel zu schwer wog, obwohl eigentlich gar nichts drin war. Ich starrte auf meinen Stundenplan, den ich prinzipiell bis zum Schulschluss nicht auswendig wusste: Latein in den dritten Klassen. Eine gemischte Gruppe. Immerhin war die Klasse nicht weit weg vom Lehrerzimmer.

Während ich mich an den Kolleginnen und Kollegen vorbei drängte, versuchte ich mir verzweifelt einzureden, dass ein einzelnes Krokodil in unserer Schule doch eigentlich nicht *so* schlimm war – immerhin gab es doch genug andere Ziele, die es anfallen konnte. Wieso sollte es sich ausgerechnet ein knochiges Wesen wie mich aussuchen? Es gab ganz eindeutig Personen an der Schule, die mehr Fleisch auf den Rippen hatten als ich. Vielleicht sah ich ja für so ein Vieh einfach nicht appetitlich genug aus, versuchte ich mir einzureden, während ich die Tür zu meiner Klasse öffnete.

Mein „Salvete allerseits" blieb mir im Halse stecken, als ich mehreren unordentlichen Reihen von leeren Tischen und Bänken gegenüberstand. Wo waren meine Schüler hin!?

Während sich kalte Panik in meinen Nacken krallte, fiel mir ein, dass ich natürlich wieder nicht auf den Supplierplan gesehen hatte. Ich weiß nicht, woran es lag, aber genauso wenig wie ich mir meinen eigenen Stundenplan merken konnte, genauso vergaß ich regelmäßig den Aushang zu lesen. Ich stürmte also wieder zurück ins Lehrerzimmer, wo inzwischen niemand mehr war – außer Franz, der noch immer stumm vor sich hin konjugierend an seinem Platz saß.

„Wieso bist du noch hier?!", fragte ich atemlos.

„Freistunde," brachte er gerade heraus, bevor er weiter lautlos vor sich hin psalmodierte.

„Dann geh doch einfach!" Ein besserer Ratschlag fiel mir auf die Schnelle nicht ein. Hektisch schaute ich auf den Supplierplan. Irgendeine Oberstufenklasse hatte sich entschieden, ihre Freistunde nicht in dem dafür vorgesehenen Raum zu verbringen – meine Klasse war stattdessen im Raum der 3B.

Ich schaute mich noch einmal nach Franz um, der nun vor dem Fenster stand, als überlege er, ob es nicht einfacher wäre, diesen direkten Fluchtweg zu wählen, anstatt durch das Treppenhaus zu laufen. Allerdings hatte ich keine Zeit mehr, ihn auf die Tücken der Schwerkraft hinzuweisen, und beeilte mich stattdessen, zu meinen kleinen Lateinschülern zu kommen, die sich in meiner Vorstellung bereits panisch unter den Sesseln verkrochen hatten.

Als ich jedoch die Klasse betrat, waren die Burschen und Mädels gerade dabei, fröhlich unanständige Dinge auf die Tafel zu kritzeln und sich mit dem ekeligen – und triefenden! - Tafelschwamm zu bewerfen, während ein paar wenige Kinder friedlich jausnend (und die Hausübung abschreibend) auf ihren Plätzen saßen. Irritiert blieb ich stehen, ehe mir bewusst wurde, dass die Schüler ja keinen Alarm gehört haben konnten, weil es keinen gegeben hatte. Wie üblich dauerte es ein paar lange Sekunden, bis meine Anwesenheit bemerkt wurde. Dann schossen die Arme meiner Lieblingsschüler in die Höhe, die mir sicherlich mitteilen wollten, dass sie die Lateinhausübung nicht dabei hätten, welche allerdings selbstverständlich fein säuberlich erledigt zuhause auf ihrem Schreibtisch läge... Ich wartete noch einen Moment um wenigstens einen Großteil der Aufmerksamkeit zu bekommen, während ich das Gefühl hatte, als würde mein Herz nur noch sporadisch schlagen.

„Wir gehen jetzt bitte leise hinaus und spazieren zum Bischofsplatz," sagte ich endlich. Vielleicht hätte ich diesen Arbeitsauftrag etwas genauer erläutern und begründen sollen, denn nach einem Augenblick, den meine Worte brauchten, um durchzusickern, brach das Chaos los.

„Wieso?! Wir haben Vokabelwiederholung!" Natürlich – irgendeiner musste immer alle anderen wissen lassen, dass er zu den Braven gehörte und gelernt hatte...

„Halt die Klappe!"

„Sollen wir die Lateinsachen mitnehmen?"

„Ist das ein Feuerwehralarm?" Das Mädchen zeigte für meinen Geschmack eindeutig ein bisschen zu viel Begeisterung. Ich verkniff mir einen Kommentar und wartete darauf, dass sich endlich alle in geordnete Bewegung setzten.

„Ich hab mein Buch im Spind vergessen und der Emil hat mir den Schlüssel geklaut!"

„Stimmt nicht!"

„Die Lisa ist heute nicht da."

„Die Klara auch nicht, aber die ist krank."

„Müssen wir alle Vokabel schon können?"

Ich versuchte verzweifelt, ruhig zu bleiben, während sich mir die Vorstellung aufdrängte, wie das gefräßige Monster, angelockt durch das Geschrei so vieler saftiger, junger Fleischgerichte, sich langsam der Klasse näherte. „Bitte! Leute, hey!", versuchte ich mir irgendwie Gehör zu verschaffen. „Das ist eine... eine Übung. Die Vokabelwiederholung verschieben wir und marschieren stattdessen runter zum Bischofsplatz." Langsam wurde es leiser. Offenbar war die Aussicht auf das Nicht-Stattfinden der Vokabelwiederholung durchaus ein Ansporn zur Kooperation. „Lasst eure Sachen ruhig da" - ich hatte die vage Hoffnung, dass dieses Vieh ohnehin nicht allzu großes Interesse an Lateinbüchern hatte - „und geht leise, bitte wirklich *leise,* hinunter zum Haupttor und dann zum Bischofsplatz."

„Kann ich noch aufs Klo gehen?"

Das war ja klar. Ich verdrehte innerlich die Augen und sagte schlicht: „Nein."

„Aber ich muss!"

„Bitte, jetzt nicht!" Entweder meine Stimme hatte verraten, dass diese *Übung* doch nicht ganz so locker war, wie es den Anschein haben sollte, oder der dringende Toilettenwunsch war nur eine der üblichen Hinhaltetaktiken, wenn man den eigentlichen Arbeitsauftrag nicht sofort erfüllen wollte.

Wundersamerweise aber setzen sich bald darauf alle Schülerinnen und Schüler in Bewegung und marschierten – fast – ohne Geschrei und doofe Kommentare zur Tür hinaus. Natürlich ging es nicht gänzlich ohne dass meine zwei Lieblings-Burschen sich gegenseitig ein Bein stellten und einander die Zwischentür vor der Nase zuschlugen, aber immerhin schafften wir es bis zum Treppenhaus. Ständig schaute ich mich in alle Richtungen um, ob uns von irgendwo ein Krokodil entgegen kam, aber abgesehen von einer einsamen und verspäteten Gruppe Griechisch-Schülerinnen, die aus dem dritten Stock leise kichernd herunterkamen, trafen wir zunächst niemanden. Im Treppenhaus überholten wir eine erste Klasse, die in einer vorbildlichen Zweierreihe uns auch noch Platz machte, ehe ich endlich meine Schüler durch das Schultor hinaus befördern konnte. Steine, die einem da vom Herzen fallen, sind in dieser Situation eine maßlose Untertreibung.

Auf dem Weg zum Bischofsplatz war ich nur noch glücklich, dass alle meine Schüler vorhanden und nicht von irgendeinem monströsen Vieh gefressen worden waren, und dass auch sonst nichts Schlimmeres passiert war.

Allein in der Schule

Ida Stettner

Ich war auf der Suche nach einem Lehrer, denn ich hatte eine verstopfte Toilette entdeckt und beschlossen, das unbedingt melden zu müssen. Sonst hätte man ja denken können, ich hätte sie selbst verstopft. Also spazierte ich, ohne mir allzu viel zu denken, in das Werkkabinett im dritten Stock, das wie üblich aufgesperrt war. Natürlich merkte ich sofort, dass hier kein Lehrer war, aber einige Werkstücke sahen so schön aus, dass ich sie mir unbedingt genauer ansehen musste. Ich achtete auf jede Kleinigkeit der Tonfiguren und überlegte, was sich die Schöpfer jeweils gedacht haben könnten, als sie die Figuren geformt hatten.

Schließlich erwachte ich aber wieder aus meinen Träumen, ich musste endlich einen Lehrer finden, bevor die Pause vorbei war. Ich ging zur Tür zurück, die anscheinend von alleine zugegangen war, und versuchte sie zu öffnen. Aber ich konnte die Türschnalle nicht niederdrücken! Ich war sehr erstaunt, denn vor einer Minute war die Tür noch problemlos aufgegangen. Ich probierte es noch einmal, aber die Schnalle weigerte sich hartnäckig, sich zu bewegen. Ein Hauch von Verzweiflung begann in mir zu kribbeln, denn schließlich war es kein schönes Gefühl, eingesperrt zu sein. Nach einigen vergeblichen Versuchen, die Tür aufzubekommen, tauchte eine unschöne Theorie in meinem Kopf auf, warum die Tür nicht mehr aufgehen wollte: Vielleicht hatten meine Klassenkameraden sie zum Verklemmen gebracht.

Solche Dinge machten sie schließlich oft. Wenn mir in einer Stunde ein Versprecher passierte, lachten sie immer. Nur weil ich kleiner war als sie. Und das war eigentlich sogar normal, denn ich war ja auch ein Jahr jünger als die anderen. Das war etwas, wofür ich nichts konnte. Meine Eltern waren schuld. Sie hatten darauf bestanden, dass ich die erste Volksschulklasse einfach ausließ. Schließlich konnte ich ja schon ganz gut lesen, das Rechnen bis zehn funktionierte auch und Schreiben würde ich sowieso lernen. Damals hatte es mir nichts ausgemacht - natürlich nicht, ich war damals ja erst sechs Jahre alt - aber jetzt ärgerte ich mich umso mehr über meine ehrgeizigen Eltern. Ich wäre sicher besser in der Schule, wenn ich auch die allererste Klasse besucht hätte. Zwar war ich jetzt auch nicht grauenhaft schlecht, aber alles verstand ich trotzdem nicht. Außerdem wäre ich dann erst in der zweiten Klasse und hätte ein ganzes Jahr mehr Zeit zum Wachsen.

Es war wirklich ärgerlich. Ich wäre auch nie in diese Situation geraten. Plötzlich schallte das Pausenläuten durch das kleine Werkkabinett und ich erschrak. Ich konnte doch nicht hier sein, wenn die Stunde begann! Dann würde ich den Unterricht verpassen und das wäre ja wie die Schule zu schwänzen! Ich versuchte aufs Neue, die Tür nach draußen aufzustemmen. Es funktionierte einfach nicht. Ich fing beinahe an zu weinen, als ich draußen Menschen vorbeigehen hörte. Ich wollte an der Tür rütteln und mich bemerkbar machen, doch niemand schien auf mein verzweifeltes Hämmern zu achten.

Die Leute da draußen gingen schnell vorbei, anscheinend hatten sie es eilig. Ich überlegte kurz, wer sie sein könnten, als mir einfiel, dass es wahrscheinlich die vierte Klasse war, die gerade BE hatte. Offenbar stand ein Lehrausgang auf dem Programm. Ich war von meiner unangenehmen Situation so abgelenkt, dass die Gruppe schon fast vorbeigegangen war, bis ich einen halbwegs logischen Gedanken fassen konnte. Nur noch zwei oder vielleicht auch drei einzelne Gestalten waren noch vor dem Kabinett. Ich merkte das, weil sie sprachen.

Die Stimme eines Buben im Stimmbruch sagte: „Schaut mal, da steht ein Sessel!“ Ich war verwirrt. Da stand ein Sessel vor der Tür!? Den hatte ich davor aber nicht bemerkt... Ich zuckte zusammen, als eine Mädchenstimme ein bisschen weinerlich meinte: „Kommt doch, ich mag nicht die Letzte sein!“ Die erste Stimme lachte und meinte dann: „Keine Sorge, wir laufen viel schneller die Treppe hinunter als die anderen. Aber schau mal, da liegt ein Bücherstapel auf der Lehne!“ Auf welcher Lehne? ... Ach so, wahrscheinlich auf der Sessellehne! Das Mädchen seufzte genervt: „Also, ihr könnt hier so lange bleiben, wie ihr wollt, aber ich gehe jetzt!“ Eine dritte Stimme rief genervt: „Bleib stehen! Sei doch nicht immer so eine Langweilerin!“

Ich hörte keine Antwort mehr, sondern nur noch Schritte, die viel zu schnell die Treppe hinunterliefen. Für einen Moment machte ich mir tatsächlich Sorgen um das Mädchen - was, wenn sie hinunterfiel und sich etwas brach? Da hörte ich die erste Stimme sagen: „Na schön, gehen wir eben auch...“ Die dritte Stimme seufzte lautstark und frustriert und dann hörte ich ein Poltern vor der Tür. Anscheinend hatte einer der beiden den Bücherstapel auf der Sessellehne umgeworfen. Jetzt liefen auch die anderen beiden die Treppe hinunter - in einem ähnlich halsbrecherischen Tempo wie das Mädchen.

Erst jetzt dämmerte mir, dass ich, statt dämlich zu lauschen, mich nur hätte bemerkbar machen müssen. Warum hatte ich nichts getan? Ich ärgerte mich über mich selbst, vor allem als ich realisierte, dass es jetzt nicht einmal mehr eine Klasse in meiner Nähe gab, die mich hören könnte, sollte ich mich dazu entschließen, um Hilfe zu schreien.

Ich biss mir auf die Lippen und versuchte noch einmal, die Türschnalle hinunterzudrücken. Und tatsächlich - jetzt funktionierte es. Ganz erstaunt riss ich die Tür auf und stolperte in den Gang, nur um fast auf einigen der Bücher auszurutschen, die am Boden lagen. Ich bemerkte jetzt auch den Sessel, von dem die Stimmen geredet hatten und jetzt verstand ich alles: Irgendjemand hatte eine Büchersperre gebaut. Er hatte einen Stapel Bücher so auf einen Sessel gelegt, dass man die Türschnalle nicht hinunterdrücken konnte! Ich hockte mich hin und sah mir die Bücher an. Es waren Schulbücher und auf keiner der ersten Seiten stand ein Name. Wahrscheinlich waren es wirklich Buben aus meiner Klasse gewesen, die mir diesen Streich gespielt hatten, denn die schrieben nie ihre Namen in ihre Bücher.

Plötzlich wurde mir bewusst, dass ja schon längst die Unterrichtsstunde begonnen hatte. Ich lief quer durch das Schulhaus zu unserer - natürlich schon geschlossenen Klassentür - und überlegte mir schon, was genau ich zu meiner Entschuldigung sagen würde. Ich holte tief Luft und bemühte mich, nicht an die Blicke der anderen zu denken. Ich würde einfach an ihnen vorbeispazieren, selbst wenn sie zu lachen begännen. Und ich würde nicht losweinen. Von meinen Gedanken bestärkt versuchte ich, die Tür zu öffnen. Sie ging nicht auf! Was war nur mit den Türen los?! Ich dachte zuerst, ich hätte nur nicht fest genug gezogen, aber sie ließ sich immer noch nicht öffnen! Sie war wirklich zugesperrt. Ich schluckte ein Schluchzen hinunter, das halb aus Anspannung, halb aus Verzweiflung gekommen war, und dachte panisch nach.

Wir hatten jetzt Französisch. Ich lief so schnell wie möglich ins Erdgeschoss und sah auf den Supplierplan. Nur die Lateingruppe Wieser hatte in einem anderen Raum Unterricht, sonst gab es heute keine Supplierungen. Ich überlegte. Hatte die Frau Professor in letzter Zeit irgendetwas von einem Lehrausgang gesagt? Eigentlich nicht, aber sie hatte manchmal solche spontanen Ideen - vor allem wenn wir einige besonders intensive Stunden hinter uns hatten.

Da fiel es mir wie Schuppen von den Augen: Die Buben aus meiner Klasse hatten sicher gesagt, ich wäre heute schon den ganzen Tag abwesend. War ja klar... Die Frau Professor hatte darum natürlich nicht auf mich gewartet und war mit der Klasse irgendwohin gegangen. Leider hatte ich keine Ahnung, wo sie jetzt waren und konnte ihnen darum auch nicht nachgehen.

Ich brauchte kurze Zeit, um mich von dem Schock dieser Erkenntnis zu erholen und überlegte, was ich tun sollte. Am besten wäre es wohl, einfach ins Sekretariat zu gehen und dort zu warten, bis die Stunde zu Ende war. Vielleicht könnte ich ja Hausaufgaben machen. Ich war zufrieden mit diesem Entschluss, aber ich merkte, dass ich schreckliche Lust auf etwas Süßes hatte und beschloss, zuerst noch ein Trinkjoghurt beim Milchautomaten zu kaufen. Wenn ich die Stunde schon unfreiwillig verpasste, dann konnte ich mir ja auch was gönnen.

Ich kramte in meiner Schultasche nach Geld und fand tatsächlich zwei Euro. Nun schlenderte ich ohne Hast zum Automaten. Eigentlich fand ich es ganz in Ordnung, eine Stunde ohne meine Klassenkameraden zu verbringen. Als ich das Vanillejoghurt aus dem Automaten gefischt hatte, starrte ich schlürfend in den Hof und in den verregneten Himmel und fühlte mich sehr erwachsen. Erwachsene tranken in solchen Momenten zwar eher Kaffee, aber diese Tatsache ignorierte ich erst einmal. Nach einiger Zeit steckte ich das noch halb volle Joghurt in meine Schultasche und wendete mich zum Gehen. Da sah ich, dass das ausgestopfte Krokodil, das normalerweise neben dem Getränkeautomaten an der Wand hing, nicht da war. Ich fand das sehr rätselhaft und beschloss, es im Sekretariat zu melden.

Ich stieg also die Stiegen zum ersten Stock hinauf. Es war herrlich ruhig in der Schule. So ruhig war das Stiegenhaus nie gewesen, wenn ich in der Stunde aufs Klo ging. Ich begegnete auch niemandem. Das war irgendwie seltsam, denn normalerweise gab es immer einzelne Lehrer und Schüler, die hier unterwegs waren. Ich wunderte mich, dachte mir aber nicht viel dabei. Dann fand ich mich vor der Tür des Sekretariats wieder. Anscheinend hatte ich, während ich in Gedanken versunken war, meinen Weg fortgesetzt und war nicht, wie sonst oft, einfach stehengeblieben. Ich klopfte an die Tür, wartete eine Sekunde und versuchte, die Tür zu öffnen. Es funktionierte nicht. Ich probierte es noch einmal, denn ich wusste, dass die Tür des Sekretariats schwerer war als andere Türen und sich auch schwerer öffnen ließ. Doch sie ging immer noch nicht auf. Heute schienen alle Türen verrückt zu spielen.

Ich ging zur Tür des Lehrerzimmers und klopfte auch hier. Dann wartete ich mindestens eine halbe Minute, doch niemand öffnete. Ich klopfte fester, auf die Gefahr hin, dass mich ein Lehrer ausschimpfen würde, weil ich zu fest gepocht hatte. Ich wartete. Schließlich klopfte ich noch einmal an die Tür, diesmal konnte man es eigentlich schon als schlagen oder boxen bezeichnen. Ich glaube, ich trat schließlich sogar dagegen, denn ich spürte für den Rest des Tages ein leichtes Stechen im großen Zeh. Als ich endlich von der Tür abließ und mit großer Verwunderung und leichtem Unbehagen feststellte, dass ich mich jetzt besser fühlte als zuvor (die Tür tat mir leid, aber ich konnte Geschehenes eben nicht ändern) beschloss ich, jetzt selbst die Tür zu öffnen. Üblicherweise war das den Schülern verboten, aber harte Zeiten erforderten harte Maßnahmen.

Ich zog also am Knauf; manchmal war die Tür des Lehrerzimmers nur angelehnt – aber sie war verschlossen. Die vierte Tür heute. Jetzt wurde ich wirklich panisch. Obwohl ich es sonst liebte, allein zu sein - die Stille, die Freiheit, alles machen zu können, ohne beobachtet zu werden - war es nun doch etwas unheimlich, dass offenbar niemand in der Nähe war. Ich hatte auch absolut keine

Ahnung, wo alle waren und wo ich sein sollte. Ich schluckte und beschloss, jemanden zu finden, einfach irgendjemanden, damit ich eine Ahnung hatte, was hier los war.

Also ging ich systematisch alle Türen, die sich im Erdgeschoss bis zur Hintertreppe noch befanden, ab. Es waren ja nicht viele. Ich ging zur Lehrertoilette und rüttelte an der Tür - nichts. Weiter ging ich zur Bubentoilette. Sie war offen und ich ging hinein und schaute in jede einzelne Kabine, aber niemand war darin. Dann ging ich zur Archivtür. Ich hatte keine großen Hoffnungen, denn eigentlich war sie immer geschlossen. Aber ich wollte einfach alles probiert haben, und so versuchte ich, auch diese Tür zu öffnen.

Da bewegte sie sich und ging tatsächlich auf! Ich war verblüfft und trat ein. Ich stand in einem sehr, sehr kleinen, fast quadratischen Raum. Es war wahrscheinlich ein Vorraum und ich öffnete eine weitere Tür, von der ich vermutete, dass sie ins richtige Archiv führte. Ich kann gar nicht beschreiben, wie erleichtert ich mich fühlte und wie aufgeregt ich war, als sie auch aufging. Ich hatte mir schon immer mal das Archiv anschauen wollen. Auch wenn ich es mir vielleicht unter etwas anderen Umständen vorgestellt hatte.

Es war auch hier niemand anwesend, aber dafür roch es herrlich nach Papier und Büchern. Ich konnte nicht widerstehen und sah mich um. Ich war schließlich noch nie hier gewesen - und wenn ich schon einmal die Möglichkeit dazu hatte, konnte ich sie ja schwer verstreichen lassen. Also sah ich mir die Bücher an. Ich strich vorsichtig über einige Buchrücken und überlegte auch schon, welches Buch, welche Mappe oder welchen Ordner ich als erstes in Angriff nehmen würde, als ich aus der Richtung der Tür ein Krachen hörte. Alarmiert lief ich zurück in den Vorraum und erblickte eine Viert- und eine Fünftklässlerin, die ich vom Sehen her kannte. Natürlich hatte ich noch nie mit ihnen geredet. Sie hatten anscheinend die Tür zugeschlagen und flüsterten keuchend miteinander.

„Was habt ihr denn?", fragte ich. Ich war weniger erfreut, Menschen zu sehen, als ich noch vor wenigen Minuten gedacht hatte - eigentlich war ich vor allem verärgert, denn sie hatten mich bei der Zeit mit all dem Papier hier gestört.

Die beiden bemerkten mich erst jetzt und starrten mich mit großen Augen an. „Nun, offenbar ist die Schule doch nicht so leer, wie vermutet," meinte die Jüngere von ihnen.

Schlau wurde ich daraus nicht.

* * *

Anna Schlegl

Es sollte eigentlich ein Tag werden wie jeder andere. Beziehungsweise das, was jeder Tag für mich ist. Eine weitere Gelegenheit meine Ziele zu verwirklichen - und glaubt mir, das sind viele. Ich weiß nicht, warum ich so viele Ziele hatte, warum ich so ehrgeizig war, warum ich Dingen, die scheinbar so unwichtig waren im Vergleich zu jenen Problemen, mit denen sich der Rest der Welt jeden Tag herumschlagen musste, so viel Aufmerksamkeit schenkte, aber ich tat es nun einmal. Und wenn ich mich daran erinnere, so weiß ich doch mit Sicherheit, dass ich wieder alles genauso machen würde – zumindest das meiste…nun ja, vielleicht ein paar klitzekleine Kleinigkeiten, die ich an diesem Tag gemacht habe, würde ich abändern – aber nur vielleicht.

Aber halt! Zurück zum Anfang der Geschichte – obwohl ich ja manchmal daran zweifle, ob man sie überhaupt als solche bezeichnen kann... Wie gesagt, sollte es ein völlig normaler Tag werden. Das Wetter war normal, ich musste meinen normalen, selbstverursachten morgendlichen Stress ertragen, erwischte jedoch noch wie gewöhnlich den früheren Bus, was dazu führte, dass ich wie gewöhnlich doch nicht zu spät kam und alles, was ich noch zu erledigen hatte, wie gewöhnlich, vor der ersten Stunde erledigte. Auch der Rest des Tages verlief weitgehend alltäglich. Vor der Geographiestunde schrieben noch alle schnell und mit außergewöhnlichem Eifer - der ihnen beim Lernen für Tests wohl nützlicher gewesen wäre - die Aufgabe ab und in der Mathestunde waren alle außergewöhnlich still und aufmerksam, da es galt, in der letzten Stunde vor der ersten zweistündigen Schularbeit noch jedes Wort, das der Professorin über die Lippen kam, gierig aufzusaugen, um vielleicht darin noch einige Hinweise darauf zu finden, welche Beispiele wohl kommen würden.

Ja, alles war wie immer. Gegen Mittag allerdings lief ich zufällig meiner besten Freundin, Cassandra, über den Weg. Ich war nur eine Klasse über ihr und das auch nur, weil sie im September Geburtstag hatte und daher ein Jahr nach mir in die Volksschule gekommen war. Wir waren seit langer Zeit Nachbarn und unsere enge Freundschaft war vermutlich unseren gemeinsamen Interessen zuzuschreiben – sie las gern, ich las gerne, wir beide konnten Taekwondo, Bogenschießen und liebten Manga und Anime, nicht zuletzt dank der Tatsache, dass wir beide Japanisch konnten. Und wir hatten beide eine furchtbare Abneigung gegen dumme, oberflächliche Zicken. Wie zum Beispiel dieses ach so nette Mädchen namens Fae, das… Nein ich werde mich jetzt nicht über sie aufregen, es gibt andere Dinge zu berichten.

Als ich Cassie traf, hatten wir gerade zehn Minuten Pause. Mit der für sie typischen überschäumenden Begeisterung packte sie mich am Oberarm und zog mich mit sich. Währenddessen faselte – und ich muss zugeben, dass ich einfach kein anderes Wort kenne, um diese einseitige Unterhaltung zu beschreiben – sie etwas über die neueste Folge von „Attack on Titan“ und das unglaubliche neue Intro der neuen Staffel. Wenig später fand ich mich dann, wie nicht anders zu erwarten, im nächsten Klo wieder. Ohrenstöpsel in den Ohren und Cassies Handy in der Hand, während sie das Video suchte, das sie mir zeigen wollte.

Es war wirklich ein unglaubliches Glück, dass die Schüler dafür sorgten, dass unsere Klos schlimmer aussahen als das Plumpsklo eines mittelalterlichen Raubritters, der in einer Höhle irgendwo in einem finsteren, düsteren Wald wohnte - denn das führte dazu, dass die Lehrer selbstverständlich nur die Lehrerklos verwendeten und so ein seliger Ort entstand, wo man problem- und folgenlos das Handyverbot missachten konnte.

Schließlich hatte Cassie endlich die Sammlung von Videos gefunden, die sie so verzweifelt gesucht hatte und ich begann zu schauen, während sie mich wie ein Versuchsobjekt, vielleicht einen eingelegten Frosch aus dem Biologieunterricht betrachtete und auf meine Reaktion wartete, wie eine Schülerin, die Säure auf besagtes Versuchsobjekt geschüttet hatte und nun auf seine mögliche Zersetzung wartete. Tatsächlich waren das Intro der neuen Staffel und die anderen Videos sehr interessant, auch wenn ich dank der indirekten Spoiler nach jeder Minute erpichter darauf war, Cassie den Kopf abzuhacken.

Als ich schließlich fertig war, bemerkte ich entsetzt, dass Cassie sich inzwischen mein Handy geliehen hatte und damit Musik hörte. Das allein wäre ja gar nicht so schlimm gewesen, (wenn man einmal davon absah, was sie in dieser Zeit noch alles mit meinem Handy hätte machen können…) wenn da nicht das kleine Problem gewesen wäre, dass wir durch unsere Kopfhörer beide das Läuten der Pausenglocke überhört hatten. Tatsächlich waren wir schon viel zu spät dran! Fluchend und Cassie hinter mir her schleppend, eilte ich zu meinem Klassenzimmer, das genau neben ihrem lag, während ich geistig schon eine Liste mit Ausreden für den Lehrer der aktuellen Stunde anfertigte. Würde man mir wohl glauben, wenn ich vorgab, ein überaus wichtiges Gespräch mit einer Professorin geführt zu haben…?

Während Cassie zu ihrer Tür ging, nahm ich all meinen Mut zusammen, beschloss, mir meine Ausrede doch eher spontan einfallen zu lassen, klopfte und öffnete die Tür. Das heißt, ich versuchte, die Tür zu öffnen. Allerdings ging das nicht. Sie war ganz offensichtlich abgeschlossen worden. Erleichtert rannte ich zum Supplierplan, denn nun könnte ich ganz einfach behaupten, mich verirrt zu haben, weil ich nicht gewusst hätte, in welchem Raum der Unterricht stattfände.

Dort allerdings stand nichts und ich traf stattdessen nur wieder auf Cassie: „Ist deine Klasse auch abgesperrt? Meine ist es jedenfalls und alle anderen in diesem Stockwerk auch. Ich verst…" Weiter kam sie nicht, denn ich bedeutete ihr leise zu sein.

Ich hatte einen Laut gehört, an den ich mich auch nach meinem Tod noch erinnern würde. (Wobei, bin ich eigentlich tot, wenn ich dann noch denken kann? Zu kompliziert... darüber denke ich ein andermal nach.) Es war ein seltsames Zischeln, ähnlich dem Züngeln einer Schlange, vermischt mit dem Geräusch aufkochenden Kaffees. Als ich aus den Augenwinkeln grünliche Schuppen wahrnahm, begann ich zu rennen – die völlig verständnislose Cassie hinter mir herziehend. Nein, ich hatte doch keine panische Angst vor allem, was mich auch nur entfernt an ein Reptil erinnern könnte… Keinesfalls! Niemals! Wie könnte nur jemand auf eine derartige Idee kommen?

Wir stürmten den Gang entlang und ich versuchte jede der Türen aufzureißen, die ich sah. Es war wie ein Instinkt. Kalter Schweiß rann mir den Rücken hinunter, obgleich ich mir noch nicht einmal sicher war, etwas gesehen zu haben, aber ich war von meiner Panik einfach überwältigt worden und es war mir schlicht unmöglich, mich wieder zu beruhigen. Kurz bevor ich vor Angst ohnmächtig wurde, gelangten wir zu der Tür, hinter der sich meiner Meinung nach das Archiv befinden musste - und ausgerechnet sie ließ sich öffnen.

Während Cassie die Tür hinter uns schloss, sank ich zu Boden, legte den Kopf in meine Handflächen und begann, mir die Schläfen zu massieren. Dann fragte Cassie leise: „Ist alles okay mit dir? Was war denn los? Warum bist du weggerannt?"

Ich war beinahe überrascht, wie mitfühlend sie klang. Diese Seite an ihr kannte ich gar nicht. Ob es wohl eine ihrer üblichen Phasen war, wie die rosa Phase, in der sie gerade war? Naja, ihr Mitgefühl war wenigstens nicht so nervtötend wie ein vierzehnjähriges Mädchen, das bei jedem kleinsten Anzeichen von Liebe oder gar Romantik einen verschleierten Blick bekam und in „Oooooh, wie süüüüüß!!!"-Rufe ausbrach.

So meinte ich, durchaus von ihrem besorgten Gesicht ermutigt: „Ich weiß nicht. Da war etwas Grünes, Schuppiges, und alles, was ich denken konnte, war, dass es eine Schlange war – du weißt ja, welche Angst ich vor Schlangen habe…"

„Ernsthaft?! Wir sind gerade vor einer Schlange davongerannt, die du noch nicht einmal wirklich gesehen hast, als wäre der Teufel hinter uns her gewesen!?" Während sie offenbar noch weiter über meine dezent irrationale Panik herziehen wollte (und damit meine Hoffnung auf ein Ende ihrer romantischen, rosa Phase nahezu völlig zerstörte), wurde ihr plötzlich bewusst, dass meine Panik ja nicht das einzig Merkwürdige an diesem Tag war. Sie runzelte die Brauen, als ihr ein Gedanke kam: „Was ist hier überhaupt los? Warum in aller Welt ist die Schule leer und was sollen wir jetzt eigentlich machen?"

In diesem Moment ging die Tür auf und ein Junge, den ich vermutlich schon einmal gesehen hatte, dessen Namen ich mir aber wie den der meisten Schüler, die nicht in meine eigene Klasse gingen, nicht gemerkt hatte, kam herein. „Was habt ihr denn?!", fragte er irritiert.

Mir blieb vor Überraschung der Mund offen stehen und Cassie meinte: „Nun, offenbar ist die Schule doch nicht ganz so leer wie vermutet." Ganz schlau schien er aus ihrer Bemerkung nicht zu werden...

Bald stellte sich heraus, dass auch der Kleine nicht wusste, was los war. Weil wir uns zwar nicht ganz sicher waren, was wir nun tun sollten, das Archiv aber fürs Erste auch nicht verlassen wollten, beschlossen wir schließlich, uns in Ermangelung eines besseren Zeitvertreibs die Bücher anzuschauen, die dort herumlagen.

Früher oder später würde doch sicher entweder jemandem unser Fehlen auffallen oder diese ganze Sache würde sich als irgendein doofes Missverständnis herausstellen.

***

Helene Lanschützer

Ich saß auf einem Heizkörper, der vermutlich zehnmal älter war als ich, und die Worte meines Mathematiklehrers hallten in meinen mir in den Ohren wieder: „Sven, du bist in der achten Klasse und kannst - nichts! Wie willst du bitte die Matura schaffen? Wie hast du dir das vorgestellt?! Wenn du dich jetzt nicht anstrengst, dann wirst du mit Bomben und Granaten durchfallen!"

Bestimmt fragt sich jetzt der eine oder andere, wie ich es überhaupt bis in die achte Klasse geschafft habe. Nun ja, mit einer Klausel, drei Nachprüfungen, zig Nachhilfelehrern und sehr geduldigen Eltern, welche die Hoffnung nie aufgegeben haben, dass ihr Sohn vielleicht doch irgendwann einmal die Mathematik verstehen würde, bin ich immer gerade noch durchgekommen. Doch jetzt, in der verdammten achten Klasse und mit zwei Fünfern in Mathe waren sich meine Eltern leider auch nicht mehr so sicher, ob ihr prinzipiell halbwegs begabter Sohn die Mathe-Matura schaffen würde...

Frustriert musterte ich die weißen, langweiligen Fliesen der Bubentoilette und legte meine großen Füße, die in doppelt so großen Schuhen steckten, auf dem Waschbecken ab. Müde rieb ich mir die Augen und schaute auf meine Armbanduhr: die Stunde hatte schon begonnen und ich sollte eigentlich schon in meiner Klasse sein. Ich öffnete die Tür einen Spalt breit und lugte hinaus. Nichts zu sehen. Keine Menschenseele. Das war seltsam, denn normalerweise rannten am Anfang der Stunde viele Leute, die am letzten Abdruck noch irgendwas unglaublich Wichtiges zu erledigen hatten, noch schnell in ihre Klassen. Ich tapste zum Buffet, doch dort war auch keiner. War ja klar. Trotzdem war es irgendwie zu still für einen Schultag.

Auf leisen Sohlen huschte ich zur nächsten Klassentür. Es war die Klassentür der 4b. Ich legte ein Ohr an die Tür. Da nichts zu hören war, klopfte ich zaghaft, als darauf keiner „Herein!“, oder „Wer ist das denn schon wieder?“, rief, klopfte ich abermals, diesmal etwas energischer. Dann versuchte ich die Tür aufzubekommen, doch ich rüttelte vergeblich am Türgriff. Mir kam der Gedanke, dass die Klasse vielleicht gerade einen Ausflug machte, doch so sehr ich auch an den anderen Türen klopfte und rüttelte - sie blieben allesamt verschlossen. War heute etwa Museumstag? Das hätte ich doch mitbekommen.

Auf dem Gang befand sich auch niemand, abgesehen von der einen oder anderen Staubfluse und einem Butterbrot, das am Bo-

Ifeoma Moira Ikea

den einsam vor sich hin trocknete. Die Pause war inzwischen schon längst vorbei. Eigentlich müsste jetzt Unterricht stattfinden. Aber ohne Lehrer und Schüler (nun ja - mit einem einzigen Schüler) ist das kaum möglich. Plötzlich hörte ich eine Stimme hinter mir: „Hallo! Hallo? Sven! Was machst du hier?" Ich drehte mich um.

Na toll… Vor mir stand meine drei Jahre jüngere Schwester Fae! „Was machst du hier?!", zischte ich. „Du solltest doch in deiner Klasse sein!"

„Das weiß ich auch. Aber es war keiner dort, irgendwie sind alle verschwunden." Sie grinste.

„Fast schon lustig. Nur du und ich, wir beide, alleine in einer verlassenen Schule mit verschlossenen Türen…"

Ihre Stirn bekam eine nachdenkliche Falte und wirkte beinahe ernst. „Nun ja, fast alleine. Im Erdgeschoss ist ein Krokodil, das sollten wir wohl mitzählen… auch wenn ich mir ziemlich sicher bin, dass es selbst nicht zählen kann. Aber sehr gut bist du da ja auch nicht!" Nun grinste sie wieder und das wirklich boshaft. „So ein Krokodil sollte man unbedingt immer ein*rechnen.*" Ganz offenbar war sie von ihrem eigenen Wortspiel begeistert. „Aber vor allem sind die Lehrer weg! Keiner ist hier, der mir mein wunderschönes Baby wegnehmen kann!", schnatterte sie weiter, als hätte sie nie ein großes, fleischfressendes Krokodil erwähnt, und drückte demonstrativ ihr neues Handy an sich.

Ihre Worte brauchten einen Moment, um in meinen Verstand durchzusickern. „Ein Kroko… Kro…", würgte ich heiser hervor.

„Ja ein Krokodil! Kein Alligator übrigens, die sehen anders aus!" Fae lachte jetzt nicht mehr. Sie sah zwar nicht wirklich verängstigt aus, aber die Spuren des vorherigen Grinsens waren verschwunden, so etwas nannte man dann wohl Stimmungsschwankungen.

„Du lügst mich jetzt nicht an, oder?“, piepste ich mit letzter Kraft. Wenn man mich in diesem Augenblick gefragt hätte, wäre ich mir nicht ganz sicher gewesen, ob Binomische Gleichungen oder ein Krokodil in der Schule das schlimmere Übel wären.

„Natürlich lüge ich nicht, Sven, ich habe in meinem Leben nie etwas anderes als die Wahrheit gesagt!“ Na ja, das stimmte nicht ganz, aber nachdem ich sie nun seit über 14 Jahren kannte, glaubte ich zu wissen, wie sie aussah, wenn sie log - und so sah sie gerade nicht aus. Was mir durchaus Sorgen bereitete. Außerdem hatte ich wirklich keine Lust, genau jetzt mit meiner Schwester über irgendwelche Reptilien zu diskutieren.

„Okay, wenn hier wirklich ein Krokodil ist, dann müssen wir uns…“- Ich überlegte eine Weile - „...verstecken.“

„Das ist nicht dein Ernst, Sven! Du willst dich doch jetzt nicht vor einem Krokodil verstecken?“

„Doch“, antwortete ich knapp, fasste sie an den Schultern und bugsierte sie zur Haupttreppe. Wenn mein Schwesterherz dachte, dass ich das Vieh fangen würde, hatte sie sich ganz offensichtlich getäuscht. Irgendwo musste es doch eine offene Klasse geben.

Außerdem fragte ich mich noch immer, wo die anderen waren. Ob sie das Krokodil auch gesehen hatten und schreiend aus der Schule gerannt waren, uns beide aber vergessen hatten? Vielleicht hatte sich meine Schwester die ganze Geschichte doch nur ausgedacht und es gab gar kein Krokodil? Aber wo waren dann die Lehrer und die Schüler hin? Ich rüttelte an sämtlichen Türen, an denen wir vorbeikamen, zuerst im zweiten Stock, dann im ersten. Es bewegte sich keine, weder die Klassentüren noch die Kabinette. (Ich verzichtete, trotz des Vorschlags meiner Schwester, darauf, auszuprobieren, ob die Mädchentoilette offen war. Auch die Tür zum Lehrerzimmer ließen wir vorsichtshalber aus.)

Schließlich, als ich schon fast aufgeben wollte und an der letzten Tür rüttelte, merkte ich, dass diese aufging. Es war die Tür zum Archiv. Schnell huschte ich mit Fae im Schlepptau hinein und schlug die Tür hinter mir zu.

Wir standen zwischen einem schmalen, grünen Holzregal, in dem Zeitungen und ältere Schulbücher standen, und einem wortwörtlichen Haufen Zeug. Sogar eine Gitarre war dabei!

„Also das Archiv habe ich mir anders vorgestellt… mit mehr Büchern," murmelte ich, worauf Fae, die ich immer noch vor mir herschob, sich losmachte und mich einen Schritt nach vorne zog. Hinter dem grünen Regal war eine Tür. Sie war genau so pink wie alle anderen Türen hier in der Schule.

„Ich denke, das Archiv ist eher da drinnen," sagte meine Schwester mit einem spöttischen Unterton und öffnete diese Tür. War denn hier gar nichts verschlossen?!

Ich wollte gerade durch die Tür gehen - da sah ich in den Raum hinter dieser und blieb wie angewurzelt stehen: Zwischen den circa drei Meter großen Metallregalen, auf denen sich Aufkleber mit Daten befanden, saßen drei weitere Schüler! Zwei von ihnen hatten Sessel belegt, deren Existenz an diesem Ort mir recht seltsam vorkam, und der dritte befand sich auf der vierten oder fünften Stufe einer Leiter, die aussah, als gehöre sie zu den Regalen.

Alle drei wirkten reichlich verloren, hatten irgendwelche Bücher in der Hand und sahen uns an wie Aliens.

„Schaut nicht so geschockt, Menschlinge - wir kommen in Frieden," sagte Fae. Ich liebte den Humor meiner Schwester...

Jetzt war sie es, die mich schob. Und zwar in den Raum, der für mehr als eine Person viel zu eng war. Dann schloss sie die Tür und ich stolperte fast über eine große Pappkiste voller Plakatrollen und Plastikfetzen.

* * *

Cassandra, Louis und Magdalena sahen erschrocken von ihren Büchern hoch. Sie starrten Sven und Fae an, als wären diese Einbrecher. „Wer seid ihr?“, fragte Louis mit großen Augen.

„…Menschen?“, gab Fae mit einem ironisch fragenden Unterton zurück.

„Menschen, die gerade auf der Flucht vor einem… nun ja…“, stotterte Sven und verstummte dann.

„Was machst du denn hier, Fae?!“, fragte Magdalena und musterte ihre Erzfeindin mit hochgezogenen Augenbrauen.

„Atmen“, spöttelte Fae. Ihr Blick glitt zu den anderen, die neben Magdalena saßen. „Und wer sind die?“, wollte sie wissen.

„Das ist Cassandra, meine beste Freundin und das hier drüben ist… ähm… - keine Ahnung wie der heißt.“

„Louis! Ich heiße Louis!“, protestierte der Junge.

„Wie auch immer“, brummte Magdalena.

„Hey, jetzt sei doch nicht gleich so gemein zu ihm!“, fauchte Fae.

„Misch dich nicht ein!“, konterte Magdalena, während sie die Augen überdrehte.

„Ich mische mich nicht ein. Ich möchte nur den kleinen Lukas vor dir beschützen!“, gab Fae gereizt zurück.

„Ich heiße aber Louis“, rief dieser.

„Ja, Louis. Habe ich doch gesagt.“ Das konnte ja noch heiter werden...

„Doch, du hast Lukas gesagt und jetzt sei still!", rief Magdalena.

„Schluss jetzt! Das ist doch wirklich kindisch. Außerdem haben wir doch ein ganz anderes Problem, oder?", beendete Sven den Streit. Er war offenbar der Älteste hier und sah es folglich als seine Aufgabe, für Ordnung zu sorgen.

„Was für ein Problem?" - „Häh, warum?" - „Wir haben ein Problem?" - „Wieso denn?", erhielt er als Antwort.

„Ja, wir haben ein Problem! Wir sitzen hier in einem Schulhaus fest, alle Türen sind verschlossen und keine Menschenseele außer uns befindet sich im Gebäude. - Abgesehen von diesem *Krokodil,* das Fae angeblich gesehen hat!", rief er.

„Ich habe es nicht nur angeblich gesehen, ich habe es wirklich gesehen!", korrigierte Fae.

„Oh, ich weiß, welches Krokodil sie gesehen hat!", quietschte Louis aufgeregt. „Ihr kennt doch das ausgestopfte Krokodil im Erdgeschoss, oder? Als ich vorher dort war, wo es normalerweise hängt, habe ich gesehen, dass es verschwunden ist. Könnte es nicht sein, dass…"

„...dass dieses Krokodil unten zum Leben erwacht ist und jetzt durch die Schule schleicht?", unterbrach Cassandra den Kleinen.

„Ja, weil es uns alle aufessen will, schon klar." Sven lachte.

Magdalena räusperte sich. „Dann war es wohl doch keine Schlange, die ich gesehen habe, sondern ein Krokodil."

Louis schnappte nach Luft. „Es könnte gefährlich sein und... Wir müssen uns sofort verbarrikadieren und hier bleiben."

„Schon erledigt", sagte Fae und schob einen Stuhl vor die Tür. „Jetzt sind wir in Sicherheit."

„Und was machen wir jetzt?", fragte Cassandra, indem sie ihre Freundin unsicher ansah. „Wie lange sollen wir noch hier im Archiv sitzen und warten, dass uns jemand findet?"

„Wir können wieder in den alten Büchern hier lesen", schlug Louis vor. Sven schmunzelte; dem Kleinen schien die Situation bei weitem nicht so viel Kopfzerbrechen zu bereiten wie den anderen. Diese Idee fanden alle gut, es fiel nämlich auch keinem etwas Besseres ein, was man in einem Archiv sonst tun könnte – vor allem, wenn möglicherweise ein Krokodil unbekannten Ursprungs vor der Tür auf sie lauerte.

Schon bald blätterten die fünf gespannt in alten Tagebüchern, Schularbeitenheften und Briefen aus längst vergangen Zeiten…

* * *

Ida Stettner

Louis suchte voll Tatendrang nach einem interessanteren Text als jenen, den er vorhin gelesen hatte. Das war irgendwas mit Schulunterrichtsgesetzesverordnungen und einer Menge unleserlicher Paragraphen gewesen.

Schließlich fand er in einer Schachtel in einem Regal einen Stapel mit alten Deutschschularbeiten aus einer zweiten Klasse. Bei einer fiel ihm die besonders schöne Handschrift auf. So schön konnte niemand aus seiner Klasse schreiben. Interessiert nahm er ein Heft vom Stapel und begann zu lesen…

Der geheime Raum

Lara Königsberger

2. Schularbeit aus Deutsch, 12. 12. 1987

Verfasse zu folgender Aufgabenstellung einen erzählenden Text mit direktem Einstieg: Einige Schüler sind nach der sechsten Stunde einfach in der Schule geblieben. Erzähle, was für Abenteuer sie erleben!

(min. 200 Worte)

Einer der übrig gebliebenen Schüler, die noch in der Schule verweilten, fand einen alten, geheimen Raum im Keller. Natürlich war es verboten, dort hinzugehen. Es war eine Bibliothek mit sehr alten Büchern, einige der Bücher waren mindestens hundert Jahre alt und sicherlich schon museumsreif.

Das Mädchen schaute sich die Bücher genauer an und merkte, dass seit sehr vielen Jahren keiner mehr hier gewesen war. Sie setzte sich in eine Ecke, nahm ein paar Bücher mit und begann zu lesen. Es waren auch sehr viele alte Klassenbücher dabei, welche die Lehrer früher geschrieben hatten.

In den Klassenbüchern waren auch alle Ereignisse und Abenteuer der jetzt schon erwachsenen Schüler aufgelistet. Sie fand ein Buch, in dem auch Schularbeiten, Prüfungen und Noten eingetragen waren. In diesem Buch schaute sie sich einige Tests an und merkte, dass es dieselben Fragen waren, die sie heute auch zu ihrem Musiktest bekommen hatte. Dieser Test war sicherlich schon fünfzig Jahre alt.

Also kramte sie einen Bleistift und ein Notizheft aus ihrer Tasche und schrieb die restlichen Tests und Schularbeiten ab, um sich eventuell besser auf die zukünftigen Tests und Schularbeiten vorbereiten zu können oder sie zu vergleichen. Sie nahm sich noch einige Bücher aus dem Regal und schaute sie sich an.

Das Mädchen vergaß völlig die Zeit, studierte das eine Buch fertig, steckte sich eines in ihren Schulrucksack und verließ den mystischen Raum.

* * *

Komisch, dachte sich Louis. In dieser Schularbeit passierte fast dasselbe, was ihnen passiert war – nur dass in dem alten Text kein Krokodil vorkam. Neugierig schaute er sich nach den anderen um, was die für Schätze in diesem Raum gefunden hatten.

DAS
BUCH

Eine Stimme aus der Vergangenheit

Milan Feyferlik

Bücher. Für Fae waren sie nicht gerade das Interessanteste auf dieser Welt, ihr einzig treuer Begleiter war bislang immer nur ihr Handy gewesen, auf dem konnte man ja schließlich auch lesen.

Aber jetzt, gerade in so einem Moment, wo sich keine Lehrerseele in dieser Schule befand, um es ihr abzunehmen oder es ihr gar zu verbieten, funktionierte es nicht! Immerhin war es ihr am Vormittag nicht abgenommen worden. So etwas war in der Unterstufe oft vorgefallen, meist hatte sie sich gar nicht mehr erinnern können, wann ihr Handy überhaupt in ihrer Schultasche steckte (wo es eigentlich hingehörte) und wann es stattdessen im Sekretariat auf sie wartete.

Sie überlegte, einfach hinaus zu gehen und ein Foto von dem Krokodil - wenn es denn überhaupt noch da war - zu machen, dazu brauchte man keinen Empfang, aber beim Gedanken an ein weit aufgesperrtes, mit Zähnen besetztes Reptilienmaul verging ihr die Lust aufs Fotografieren und *Posten*.

Fakt war aber, dass ihr liebstes Beschäftigungsmittel hier nicht funktionierte.

Sie hatte zwar kurz mit dem Gedanken gespielt, eines der Bücher zu lesen, aber diese Lösung schien ihr doch noch etwas zu apokalyptisch… beinahe so endzeitlich wie eine Unterhaltung mit den anderen Anwesenden. Zwar war Sven ihr Bruder, aber an ein technisches Gerät mit hoher Auflösung kam er nicht heran.

Da kam Fae eine Idee. Ihr schien es, als würde neben ihrem Einfall selbst Kolumbus mit seiner Idee, einen anderen Weg nach Indien zu finden, wie ein blutiger Anfänger dastehen, denn ihre Idee war ihrer Meinung nach so brillant, dass sie von nichts und niemanden übertroffen werden könnte (erst recht nicht von jemandem, der dachte, die Welt sei birnenförmig...). Jedenfalls nicht in dieser Situation und unter diesen Voraussetzungen. So begann sie zu suchen, denn ihrer famosen Idee zufolge musste hier doch irgendwo ein funktionierendes Handy oder wenigstens irgendein Spiel zu finden sein.

Fae war schon seit einiger Zeit die einzige, die nicht ruhig schmökernd am Boden saß und ganz und gar nicht in einen alten Jahresbericht von 1998, wie Sven, oder wie die zwei anderen Mädchen in irgendwelche noch ältere Chroniken, vertieft war. Während sie das oberste Fach des dritten Bücherregals von links an der rechten Wand nach einem wenigstens elektronischen Gerät abtastete und absuchte - inzwischen hatte sie sich überlegt, dass sie hier wohl doch kein Handy finden würde - , knarzte und ächzte der Sessel, auf dem sie stand, bedrohlich. Die Suche nach so einem Gerät machte wenigstens ein bisschen Spaß. Also gab sie ihr Vorhaben auch nicht auf, selbst nachdem sie sämtliche Regale rechts von sich so gründlich abgesucht hatte, dass sie mit hundertprozentiger Wahrscheinlichkeit sagen konnte, dass diese Regale kaum je bis überhaupt nie mit auch nur irgendwas in Berührung gekommen waren, was nicht mindestens vorsintflutlich war.

Cassandra fand ihre Chronik von 1920 derweil so fesselnd, dass ihr Gemurmel, mit dem sie das Gelesene begleitete, mittlerweile den ganzen Raum füllte.

Doch plötzlich durchbrach ein Knacksen, ein erschrockener Aufschrei und dann ein Krachen das Gebrabbel von Cassandra, denn der uralte Stuhl, auf dem Fae gestanden hatte, brach auf einmal unter ihrem Gewicht zusammen. Alle schauten sich zu der im Bücherregen sitzenden Fae um. Als der Stuhl gebrochen war, hatte sich Fae noch krampfhaft an einem der wackeligen Fachböden festhalten wollen, aber auch dieses Regal ging schnell zu Bruch und nun prasselten die Bücher regelrecht auf sie hernieder.

Benommen von dem Fall und auch dem unerwarteten Bücherschauer (und der unfassbaren Menge an Staub, welche dieser aufgewirbelt hatte) richtete sich Fae zwischen alten Büchern, Fachböden und Sesseltrümmern schmerzhaft auf - und das Herz der Gestürzten begann höher zu schlagen. Ja, ihr Herz schlug himmelhoch, denn was da zwischen den Fetzen lag, war keineswegs ein weiteres Buch oder ein Sesselteil, nein, es war ein Tonbandgerät! - Oder so etwas ähnliches, denn plötzlich begannen sich zwei Räder zu drehen.

Völlig entgeistert starrte Fae auf dieses Ungetüm, das auf einmal wie von Zauberhand – oder von den letzten Zuckungen einer schier urzeitlichen Batterie – angetrieben, wieder zu Leben erwachte und eine verzerrte Stimme erklingen ließ:

Dies - drrz - ist das pers - drres - önliche Tonbandgerät von Bodomar Kurzwinkler, wir schreiben das Jahr 1959 – rtrze - meine Mutter hat mir dieses technisch relativ – drräz - moderne Aufnahmegerät zu meinem ersten Sc – rtrt – hultag -rz - geschenkt. Damit soll ich meine Eindrücke festhalten, welche i -crrd,- ch in dieser Schule, laut meinem Vater, sammeln soll. Mein erster Tag in der 1c war sehr lustig, ich habe viele Freunde gefunden, alle meine Lehrer sind sehr nett.

Ungefähr in diesem Stil verliefen dann auch die anderen zwei Schuljahre von *Bodo* (wie ihn seine Freunde mittlerweile nannten) Kurzwinkler. Viele Kleinigkeiten und Geschichten von Leuten, die sie nicht kannten.

Fae hatte dies am Anfang nicht wirklich gestört, denn es war ja immerhin ein technisches Gerät. Aber als die anderen Kinder im Archiv des Zuhörens müde wurden, begann auch sie langsam zu verstehen, dass, so sehr sie Technik auch liebte, nicht alles, was mit Strom funktionierte, zwangsläufig interessant war.

Doch gerade als Fae den roten Knopf, welchen sie für den Ausschalter hielt, berühren wollte, sprang die Aufzeichnung um mindestens drei Jahre nach vorne und die unheimlich knarrende Stimme berichtete vom Schulleben eines Sechzehnjährigen, der nunmehr von allen „Bo“ genannt wurde:

Rrrrttzr - Ich gehe jetzt in die 6a da viele aus meiner alten Klasse in der vierten Klasse das - serzt - Akademische verlassen haben, mussten wir – grtzd - nun zusammenrücken und so sind nun die halbe A-Klasse und halbe C-Klasse zu einer ganzen A-Klasse gewo -grtr - rden.

Da wechselte auf einmal die Stimme auf dem Gerät.

Fünfter Dez – rrktzt - ember 1962. Heute haben wir Bodo sein blödes Aufnahmegerät gestohlen – grrz - und gut hinter dem Spülkasten im – grrtd - Klo versteckt, im Spülkasten ist auch unser Bier – rtrtz - sicher und – krkrt - kühl gelagert.

Nach Bodos langweiligen Aufnahmen brachte die verzerrte Stimme eines Mädchens, welches anscheinend mit seiner Freundin Bier am Klo trank und anderen Leuten ihre Tonbandgeräte stahl, endlich etwas Spannung in den Raum.

Der nächste Tag, welcher auf dem Gerät verzeichnet war, war nicht weniger spannend, denn die Stimme, die den Namen Inge trug, hatte mit ihrer Freundin Anastasia dem nicht gerade beliebten Französisch-Professor den Schlüssel für ihr Klassenzimmer gestohlen und damit die 6a fest verschlossen, sodass der *Professööör,* wie sie ihn alle nannten, nicht zum Unterricht erscheinen konnte und so den hartnäckigen Versuch startete, die Tür mit seiner eigenen Muskelkraft, von der er viel zu halten schien, einzureißen. Zwischen dem Knacksen und Kichern war die weitere Geschichte kaum zu verstehen. Da es dem Lehrer selbst nach etlichen Versuchen nicht gelang, die Tür zu öffnen, nahm er schließlich Anlauf.

Das anhaltende Gekicher auf dem Tonband ließ die Zuhörer zwar ein wenig an dem Wahrheitsgehalt der Begebenheit zweifeln, spannend war sie jedoch allemal.

Genau in diesem Moment nämlich sperrten die Mädchen die Klassentür auf, ließen sie aber angelehnt und hoben sie zu allem Überfluss auch noch aus den Angeln. (Offenbar funktionierte das damals ganz leicht.) Als der Professor mit aller Wucht gegen die scheinbar verschlossene Tür rannte, flog er wortwörtlich mit der Tür ins Haus beziehungsweise in das Klassenzimmer.

Der Professor schlitterte erst in die Klasse, dann knallte die Tür, auf welcher der Professor lag, gegen einen Tisch und rutschte weiter gegen einen Buben, welcher anschließend auf dem Französisch-Lehrer lag. In der Mitte des Klassenraums verlangsamte sich das abenteuerliche Schüler-Lehrer-Tür-Gespann und blieb schließlich liegen.

Nach etlichem Gekratze des Tonbandes fand sich der nächste Eintrag, auch wieder im Klassengeschehen der 6a Klasse. Gerade trug die Geschichtsprofessorin zwei *lustige* Zeitgenossen namens Wenzel Müller und Heimo Sell in das Klassenbuch der 6a ein. Die nächste Aufnahme der Tonbandstimme Inge lautete schlicht:

Müller und Sell rauchen am Mädchenklo und lassen sich in ihrer seligen Einfalt dabei erwischen!

Ein kurzes Lachen durchfuhr das sonst eher stille Archiv. Cassandra und die anderen Kinder schienen nicht die gleiche Begeisterung zu besitzen, die Fae hatte, und sie sahen das Mädchen fragend an. War das wirklich so toll, dass man darüber lachen musste? Das Tonbandgerät redete währenddessen munter weiter und so spielte es den nächsten glorreichen Eintrag ab:

Gestern ist unser Französisch – rtrtr - Professor kurzfristig in den Urlaub aufge – gegege - brochen - ddrrz -, sodass nun suppliert werden musste, der Vertreter – krktr - ist ein junger unerfahrener Schnösel, also das perfekte - kprt - Opfer. Für den Neuen – rtrtw – haben wir uns einen besonder- rrrtzt -s guten Scherz - krktr – ausgedacht. Als er nämlich in – rrtw - die Klasse kam, waren - rtrtr - wir alle im Park, sodass er uns – krtk - nicht mehr finden konnte. Leider hat -retw - er dann das Bier im Spül - grdt – kasten entdeck – krcktt - t und uns sehr viel Hausübung gegeben.

Cassandra überlegte, ob sie diesen Streich auch einmal ihren Lehrern spielen sollten, als die harte Stimme eines jungen Lehrers triumphierend aus dem Gerät rief:

Ich habe diesen - rete - Aufmüpfigen endlich gezeigt, wo der - rtrw – Hamm -rttw - er hängt und ihr Tonbandgerät - grt – konfisziert. Das - grrt - Bier aus dem Klospülkasten schmeckt - grrte – vorzüglich. (Hörte man da etwa ein leises Kichern auf dem Tonband?!) *Gestern wurde ich zum – rrtw - Archivsaufseher geordert. Endlich habe ich Zeit - rwtg - alles über diese Schule zu - rtrew – erfahren…*

Dies waren die letzten Einträge auf dem Gerät, das für die Kinder im Raum quasi vom Himmel gefallen war. Faes Interesse für die Bücher in dem Raum war geweckt, immerhin nicht alle Leute, die hier etwas deponierten, schienen langweilig zu sein…

***

Durch die Tonbandaufnahme neugierig gemacht, begann Fae in der Kartonkiste neben dem Archiveingang zu wühlen. Am Weg dorthin war sie beinahe auf Louis getreten, hier war einem ja wirklich alles im Weg!

Platz, eines der vielen sich darin befindlichen Plakate zu entrollen, gab es eigentlich kaum. Eines hing laminiert und offen an der Wand hinter dem Karton. Es schien irgendeine Meldung über die Schule zu sein. Über dem langweiligen Geschreibsel hing eine, eigentlich sehr schöne, Schwarz-Weiß-Zeichnung einiger Häuser und Bäume, daneben stand in Blockbuchstaben: *Taubenkobel.*

Mittlerweile hing Fae schon mit dem ganzen Oberkörper in der Kiste und hatte die Arme irgendwo zwischen altem Papier stecken. Sie tastete umher, bis sie ein schmales Buch zu fassen bekam. Dieses zog sie, mit einigen Komplikationen, heraus.

Eli V. Freundschaftsbuch,

stand auf dem Einband geschrieben.

Der Einband hatte über die Jahre ein schmutziges Rosa angenommen, vielleicht war er auch einmal violett gewesen. In jedem Falle war das Buch nicht ganz so alt, wie sie angesichts der Unmengen an Staub zunächst angenommen hatte. Wie sich so etwas ins Archiv verlaufen haben konnte, war der Fünftklässlerin schleierhaft. Aber da sie die Schulchroniken nicht wirklich interessierten, war sie recht froh über diesen Fund. Bereit, das Buch sofort wieder in die Kiste zu werfen, schlug Fae es in der Mitte auf.

Es war wie jedes Freundschaftsbuch, das sie bis jetzt gesehen hatte. Fragen wie „Name“, „Haarfarbe“, „Alter“ etc. standen untereinander aufgelistet mit Zeilen für die Antwort daneben.

Weit interessanter jedoch war, dass sich auf der rechten Seite eines jeden Eintrags ein kurzes Gedicht befand. Die erste Person, von der Fae etwas zu lesen bekam, war eine gewisse Amelie:

Danke.
Du bist immer für mich da,
das finde ich wunderbar!
Wärst du nicht da für mich,
hätte ich ein trauriges Gesicht!
Darum dank' ich hier,
Du bist meine Rettung, das finde ich nett von dir!

„Naja, ein Meisterwerk ist das ja nicht gerade", dachte sie sich. Interessant war es trotzdem, deswegen blätterte das Mädchen weiter, um auf der nächsten Seite ein Gedicht von jemandem namens Franz zu finden. Dieser schrieb folgendes:

Du bist ein Freund, so stell ich ihn mir vor!
Du bist für mich da, leihst mir oft dein Ohr!
Du bist immer da für mich
und schenkst mir ein Lächeln ins Gesicht.
Vielen Dank, dass ich dich hab,
Als guten Freund, das macht mich stark.

Wirklich interessant war auch dieses Gedicht nicht, aber aller guten Dinge sind drei. Die nächste Seite, die Fae aufschlug, war eine der letzten. Wer auch immer sie ausgefüllt hatte, hatte eine unglaubliche Sauklaue gehabt! Den Namen konnte man noch weniger entziffern als den Rest, da er durchgestrichen worden war. Entweder hieß die Verfasserin dieses Gedichtes also Elisabeth, Efisara oder Bisasaft.

Brauchst dich nicht zu schämen,
dass du so dämlich bist.
Musst dich auch nicht grämen,
dass du immer zu viel frisst.
Denn zumindest deine Eltern
mögen dich immer leiden.
Sind vermutlich auch sehr dumm die beiden…

Auch wenn es eher boshaft als lustig war, musste Fae lachen. Anscheinend hatte die Verfasserin dieser kreativen Zeilen kein gutes Verhältnis mit Eli V. gehabt.

„Ich muss mir auch so ein Ding zulegen", murmelte die Fünftklässlerin und nahm sich vor, bei nächster Gelegenheit ein Freundschaftsbuch mit Gedichtzeile im Internet zu bestellen.

Sie würde es sogar Magdalena geben, einfach, weil die Aussicht auf gereimte Zeugnisse der Abneigung ihr jetzt schon Vergnügen bereitete.

***

Helene Lanschützer

Vorsichtig machte Sven den Deckel einer roten Kiste auf, die mit allerhand anderem Kram der Schwerkraft gefolgt war, und fand ein paar alte Stapel Papier darin. Erst auf den zweiten Blick stellte er fest, dass dies alte Deutsch-Maturaarbeiten waren.

Dieser Anblick erinnerte ihn schmerzlich daran, dass ihm selbst auch in absehbarer Zeit – so er Mathematik irgendwie bestehen würde – diese Hürde winkte. Es könnte vielleicht ganz hilfreich sein, einmal so einen Text zu lesen, sagte er sich. Immerhin würde er in ein paar Monaten selbst bei der Matura sitzen, und da schadete es bestimmt nicht, ein paar Aufsätze zu lesen, um sich darauf vorzubereiten.

Nach den ersten Sätzen stellte er allerdings fest, dass diese Maturaarbeiten wirklich schon ziemlich alt waren:

Eine schriftliche Deutschmatura

Iris Wimmer

Bearbeite eine der folgenden Aufgabenstellungen mit einem Text im Umfang von etwa 800-1000 Wörtern.

Thema 2: Mut und Übermut

Mut, *auch* Wagemut *oder* Beherztheit, *bedeutet, dass man sich traut und fähig ist, etwas zu wagen, das heißt, sich beispielsweise in eine gefahrenhaltige, mit Unsicherheiten verbundene Situation zu begeben.*

Deutsches Wörterbuch. Gütersloh 1970, Sp. 2500.

Lote in deinem Text die Grenzen zwischen Mut und Übermut aus. Gehe kritisch auf verschiedene Situationen ein, in denen Mut und/oder Übermut zum Tragen kommen.

Wir alle reden über Mut – aber wissen wir überhaupt, was Mut genau ist? Wo ist die Grenze zwischen Mut und Übermut – oder gibt es etwa gar keine? Bedeuten diese Wörter vielleicht nahezu dasselbe?

Der Begriff Mut hat eine allgemein sehr umstrittene Bedeutung. Mut kann man in verschiedenen Dingen beweisen, das ist uns allen klar. Nur versteht darunter nicht jede und jeder das Gleiche.

Manche Leute verstehen unter Mut zum Beispiel das Retten des Lebens eines anderen unter der Gefährdung des eigenen. Kaum jemand wird sich gegen diese Definition beschweren. Eine solche Tat könnte man aber auch einfach als lebensmüde bezeichnen.

Einige betrachten einen Sprung vom Zehn-Meter-Brett im Schwimmbad als mutig, für andere ist das Übermut.

Dasselbe gilt für sogenannte Mutproben. Dass solche, mitunter bösartige und demütigende, Prüfungen in Schulen oder Gruppen stattfinden, ist ein weit verbreitetes Klischee. Inwiefern das wirklich so ist, wissen nur die Betroffenen. Leute, die Mutproben bestehen oder dies zumindest versuchen, gelten für die einen als mutig und für die anderen als übermütig. Das hängt natürlich von den Bedingungen ab.

Sehr viele Wörter werden von Mut abgeleitet, zum Beispiel auch Wagemut. Darunter versteht man die Bereitschaft zum Risiko.

Ein anderes Beispiel für ein Wort der gleichen Familie ist Sanftmut. Friedfertige, gutherzige und tolerante Menschen werden als sanftmütig bezeichnet.

Wehmut sollte uns auch allen etwas sagen. Der Begriff beinhaltet starke Melancholie, Traurigkeit und Sehnsucht. Eine ähnliche Bedeutung hat das Wort Schwermut mit dem Unterschied, dass Wehmut eher mit etwas Unwiederbringlichem verbunden wird.

Besonnene, gezügelte Menschen werden auch langmütig genannt. Auch eine gewisse Ausdauer und Geduld wird mit Langmut in Verbindung gesetzt.

Diese Beispiele veranschaulichen die vielschichtige Bedeutung von Mut und allem, was damit zusammenhängen kann.

Diesen Ausdruck, um den sich mein Text dreht, benutzt man schon seit Jahrhunderten, seit der Rechtschreibreform 1901 ist diese Rechtschreibung gültig, früher buchstabierte man es „Muth“.

Im Österreichischen Wörterbuch ist unter dem Eintrag Mut die „Fähigkeit, in einer gefährlichen, riskanten Situation seine Angst zu überwinden; Furchtlosigkeit angesichts einer Situation, in der man Angst haben könnte", zu finden.

Daran ist zu sehen, dass man den Begriff tatsächlich sehr unterschiedlich auslegen kann, da Angst ein eher subjektiver Begriff ist. Eine Person, die sich ihren eigenen Ängsten stellt, ist laut dieser Beschreibung mutig. Für Außenstehende kann eine Person, die Schlangen angreift, streichelt oder füttert, mutig wirken, weil sie sich selbst vor diesen Tieren fürchten.

Eine weitere Definition für Mut ist die grundsätzliche Bereitschaft, selbst angesichts zu erwartender Nachteile etwas zu tun, was man für richtig hält.

Demzufolge ist auch das Nachdenken darüber ein nötiger Teil von Mut (und Übermut), denn man muss sich immerhin Gedanken über die Situation machen, in der man sich befindet, um zu erkennen, was man für richtig halten kann.

Im Wörterbuch steht außerdem: „Übermut ist ausgelassene Fröhlichkeit, die sich in leichtsinnigem, mutwilligem Verhalten ausdrückt; z.B. jemandes Übermut dämpfen oder etwas aus purem oder lauter Übermut tun."

Man denkt also beispielsweise, man könne eine sehr schwere Kiste voller Äpfel und anderem Obst tragen, hat sich dabei aber überschätzt und fällt mitsamt der Kiste die Stiege hinunter, über die man sie eigentlich heruntertragen wollte. Das heißt, man ist am Anfang zu selbstsicher und will etwas schwer Mögliches schaffen, zum Schluss schafft man es aber doch nicht und verschlimmert die ganze Situation. Also hat man sich selbst überschätzt – man war übermütig.

Andererseits bedeutet Übermut auch die Selbstüberschätzung zum Nachteil anderer. Zum Beispiel, wenn man vom Zehn-Meter-Brett springt, während andere Schwimmer sich noch darunter befinden. Man landet auf einer Person, die sich daraufhin schwer verletzten oder gar sterben kann. Die Selbstüberschätzung wirkt sich also zum Nachteil anderer aus. Daher kommt auch das Sprichwort: „Übermut tut selten gut."

Abschließend komme ich zu folgendem Schluss: Mut ist das positive, manchmal notwendige Überwinden seiner Ängste, Übermut dagegen ist ein negatives Übertreiben des Mutes.

* * *

Offenbar war es Mut, zur Mathe-Matura anzutreten, und Übermut, für den Herbsttermin schon etwas anderes zu planen, erkannte Sven mit einem Seufzen.

* * *

Anna Schlegl

Zur gleichen Zeit hatte auch Magdalena begonnen sich über die Deutsch-Maturaarbeiten herzumachen. Sie liebte Erörterungen, weil sie einfach eine hervorragende Gelegenheit boten, die Argumente anderer Leute durch den Dreck zu ziehen und gleichzeitig auch in bissiger Selbstironie zu schwelgen. Sie waren eine wunderbare Möglichkeit, dem Leser vorzuspielen, ein Thema neutral und objektiv zu behandeln, ihn zwischen den Zeilen jedoch durch im großen Ganzen des Textes verschwindende Anmerkungen zu beeinflussen und in die gewünschte Richtung zu lenken. Außerdem waren Erörterungen zudem meist aufgrund der Tatsache, dass von beiden Seiten alle, selbst die abstrusesten Argumente ins Feld geführt wurden, sehr amüsant und voll schwarzem (und bisweilen unfreiwilligem) Humor.

Der Text jedoch, der Magdalena in die Hände gefallen war, nachdem Louis die Erörterung weggelegt hatte, womit es ihr unmöglich wurde, ihn weiter über seine Schulter linsend zu lesen, war definitiv keine Erörterung, sondern ein Aufsatz zum Thema „Ewigkeit".

Sie runzelte die Stirn, denn das wäre wohl kein Thema gewesen, über das sie bevorzugterweise geschrieben hätte – es war einfach zu kompliziert und dabei wäre ihr wohl ihre Angewohnheit, endlose Texte aus schier endlosen Satzgefügen zu schreiben zum Verhängnis geworden und sie hätte sich eher in ihnen verirrt, als die Eigenschaften und den Charakter eines derart komplizierten Begriffes wie den der Ewigkeit verständlich darzulegen.

Also begann sie neugierig zu lesen.

Ewigkeit

Lando-Liv del Fabro

Matura aus Deutsch; Thema 1: Die Dauer der Ewigkeit

Ewigkeit - unbegrenzte zeitliche Erstreckung. Unter Ewigkeit oder etwas Ewigem versteht man etwas, das weder einen zeitlichen Anfang noch ein zeitliches Ende besitzt bzw. unabhängig von dem Phänomen Zeit existiert. Der Begriffsinhalt von „unendlicher Zeit" wurde von Platon entwickelt. Für die antiken Denker war die Welt unendlich, das heißt auch anfangslos.

Ursprünglich bedeutete Ewigkeit wohl „langer Zeitraum", eine „endlose Zeitspanne". Daraus ist ersichtlich, dass der Begriff „Ewigkeit" erst viel später vor allem die Bedeutung der „Zeitlosigkeit" angenommen hat. Wissenschaftlich ist die Ewigkeit nicht definiert, da sich der Begriff des Unendlichen nicht sinnvoll formulieren lässt. Wobei sich der Ausdruck „Ewigkeit" ebenso in der Literatur, Physik, Religion, Mathematik und in der Rechtssprache findet.

Die Ewigkeit war schon immer ein Problem menschlichen Nachdenkens. Schon von der Antike an bis ins 19. Jahrhundert wurde diskutiert, ob die Welt einen Anfang in der Zeit hat oder in einem unbegrenzten, ewigen All seit jeher besteht. Ein Problem, das auch im Mittelalter aus der religiösen Perspektive zu Streitereien und heftigen Diskussionen führte.

Energie ist ewig, nur die einzelnen Formen sind vergänglich. Hier auf der Erde machen wir eine spezifische Erfahrung der Zeit, aber auch innerhalb dieser zeitgebundenen, vergänglichen Welt haben wir immer den freien Willen individuell zu sein und tragen dafür auch die Verantwortung. Man klagt um das, was einmal war und nicht mehr ist. Man sehnt sich nach dem, was noch nicht gekommen ist, oder fürchtet sich vor dem, was vielleicht noch kommen wird. Laufend wartet jemand schon eine Ewigkeit lang auf etwas, das er bereits versäumt hat.

Ewigkeit ist nicht an Zeitlichkeit gebunden. Ewig bedeutet raum- und zeitlos. Wir können uns allerdings mit unserem materiellen Verstand Raum- und Zeitlosigkeit nicht vorstellen.

Unendlich bedeutet unbegrenzt. Ewigkeit ist ein Phänomen, in dem die Vergangenheit für die voranschreitende Zeit, die es innerhalb der Ewigkeit als Größe ja nicht geben kann, keine Rolle mehr spielt. Man erlebt nicht ein Vorher und Nachher.

Hinter der Vergänglichkeit ist die Unendlichkeit.

Hinter der Zeit ist die Ewigkeit.

***

Anna Schlegl

Wie immer, wenn sie einen besonders guten Text gefunden hatte, war Magdalena in Gedanken auch jetzt noch tief in die Worte des soeben gelesenen Manuskriptes versunken. Ein guter Aufsatz war wie ein Strudel oder ein Gewitter, das einen mit sich riss, wenn man ihn zu lesen begann. Er wirbelte einen herum, brachte einen auf neue Gedanken, dazu, Dinge zu hinterfragen, die man nie zuvor hinterfragt hätte, oder ließ einen Dinge verstehen und erfassen, die einem kurz davor noch als unerreichbar erschienen waren.

Dieser Text war wirklich außergewöhnlich gewesen und Magdalena war begierig darauf, einen weiteren solchen zu finden.

Der Lauf der Zeit

Anna-Larissa Fischer

Das Papier hatte ganz unten im Karton gelegen, war vergilbt und schien sich an den Rändern bereits aufzulösen. Auf den ersten Blick war es nicht mehr als ein weiteres Stück Zellulose-Müll, der sich offenbar in rauen Mengen in diesem Archiv stapelte; bei näherem Hinsehen erkannte Magdalena, dass es sich um einen Text handelte, der mit schwarzer Tinte in altmodisch geschwungenen Buchstaben und viel zu engen Zeilen niedergeschrieben worden war. Was ein so altes Dokument ausgerechnet hier zu suchen hatte, war ihr schleierhaft, aber das spornte ihre Neugier nur noch mehr an.

Zuerst schien die Schrift unleserlich, doch dann fügte sich alles zusammen und das Mädchen begann neugierig den Text zu entziffern, den vor über hundert Jahren ein Schüler für seine Matura verfasst hatte.

***

MATURA-AUFSATZ IM FACH DEUTSCH
VERFASSER: Johannes Stelzer
DATUM: 28.05.1889

Nicht selten, wenn ich mich langweile, vermag in meinem Geist die Frage aufzublitzen, was sie eigentlich ist, die Zeit. Ist sie bloß das monotone, unwichtig, unscheinbar wirkende Tick-Tack der Uhren? Ist es bloß das Rieseln von Sand in einer Sanduhr? Oder ist es etwas viel Größeres, Mächtigeres, viel zu rätselhaft, als dass die Menschheit es jemals durchblicken wird.

Man könnte die Zeit als den Abstand von Beginn und Ende eines bestimmten Ereignisses betrachten. Doch es drängt sich das Gefühl in mein Bewusstsein, dass viel mehr dahintersteckt. Wenn ich recht darüber nachdenke, stoße ich auf die Erkenntnis, dass die Zeit genau dann am ehesten hervortritt, sobald nichts geschieht. Wenn jedoch große Aufregung herrscht und ein Ereignis rasch dem nächsten folgt, vergehen Stunden wie Minuten und Minuten wie Sekunden.

Das mag alles einfach erscheinen. Doch Zeit ist etwas viel Mächtigeres. In Wirklichkeit ist sie doch viel zu groß, als dass wir sie jemals ganz erfassen könnten. Sie regiert uns, wir sind voll und ganz von ihr abhängig. Sie wird niemals auf uns warten, uns nicht zuvorkommen, sondern immer im selben Tempo vor sich hin trotten, uns in ihrem Marsch mitreißen, wenn nicht manchmal sogar überrollen. Mit dem Wissen allerdings, dass die Zeit nach ihren Regeln spielt, sollte es doch nicht allzu schwer sein, so zu handeln, dass sie insgeheim für uns spielt. Und doch stellt die Zeit die größte Herausforderung für uns alle dar.

Nun stellt sich jedoch die Frage, was die Zeit wirklich mit uns macht. Vor allem in dieser spannenden Zeit der Industrialisierung. Die Zeit scheint einem in diesem Abschnitt der Erdgeschichte immer mehr davonzurennen, auf der Flucht vor uns zu sein, die wir sie doch nie ganz einzuholen vermögen. Das Tempo der Menschen in den Städten steigt und steigt. Arbeiten werden immer schneller und schneller verrichtet und man selbst ist mitten drin in diesem Malheur. Man muss aufpassen, nicht überrannt zu werden, und doch muss man sich der Schnelligkeit anpassen, um in diesem Fluss nicht unterzugehen.

Was die schier unglaubliche Geschwindigkeit unserer Zeit antreibt, sind wohl die Maschinen. Mit ihnen kann viel (zu viel) Ware in kurzer Zeit hergestellt werden. Eine große Rolle in dieser Erhöhung des Tempos spielt wohl auch die Erfindung und der Ausbau der Eisenbahn. Mit ihr können die Güter blitzschnell vom Versender zum Empfänger gebracht werden. In Folge dieser, in nur wenigen Wochen verrichteten Arbeit, muss von den Menschen im Anschluss auch schneller gehandelt werden, was auch das steigende Tempo in den Städten erklärt.

Doch nicht nur in den Städten und Stätten der Arbeit steigt das Tempo, beschleunigt sich die Zeit. Ein Beispiel dafür zeigt die populäre „Tritsch-Tratsch-Polka" von Johann Strauss. Sie schildert musikalisch das Treffen zweier Freunde, welche sich schon länger nicht gesehen haben. Die Hast im Gespräch wird deutlich klar:

Wie geht's? Wie steht's?
Schon lange nicht geseh'n!
Nicht schlecht! Nicht recht!
Es muss halt weiter geh'n.
Woher? Wohin?
Ich hab' jetzt keine Zeit.
Daher! Dahin!
Es hat mich sehr gefreut.

So rast die Zeit mit Geschwindigkeit
Hier und dort, immerfort,
und keiner hat für den andern Zeit,
weil die Hast keine Zeit lasst.
Wetter ziehen, Wolken fliehen,
Blitze brennen, Menschen rennen,
ja, da schlägt das Ungewitter mitten in die Hast hinein.
Und die Uhr bleibt nicht stehen
Und die Zeit muss vergehen,
weil die andern weiterwandern.

In der Polka wird veranschaulicht, dass die Zeit den Menschen davonrennt, die Menschen versuchen dieser Tatsache aus dem Weg zu gehen und eilen der Zeit hinterher. Die Zeit und vor allem auch die Erfindung der Maschinen und der Eisenbahn bewirken, dass die Leute manchmal vergessen, was „Ruhe" bedeutet. Denn in der Ruhe würden sie wahrscheinlich bemerken, dass die Zeit vielleicht doch nicht so schnell vergeht, wie es sich anfühlt.

Die Industrialisierung bewirkt zwar eine beachtliche Steigerung der Wirtschaft, jedoch ist sie mit Vorsicht zu genießen, da das rasend schnell noch höher werdende Tempo meiner Meinung nach auch eine Überforderung des menschlichen Wesens darstellt und die Gefahr besteht, dass man sich in diesem immer reißenderen Strudel selbst verliert.

Die Zeit schenkt uns Menschen jedoch auch unglaublich viel. Man muss bedenken, dass ein Existieren der Menschheit oder beliebiger weiterer Lebewesen ohne Zeit wohl schwer vorstellbar wäre. Und auch wenn es funktionieren würde, denke ich nicht, dass ein unbegrenztes Lebensalter, sprich Unsterblichkeit, zum Positiven führen könnte. Zeit ermöglicht uns, schlechte Zeiten zu überdauern um wieder gute erfahren zu dürfen.

Dieser Ausflug zu den Gefahren und aber auch den herrlichen Seiten der Zeit sollte zeigen, dass Zeit mächtig ist, man aufpassen sollte, nicht in ihre Fallen zu tappen, sie jedoch auch der einzige Grund ist, wieso wir existieren.

Und dennoch oder gerade deswegen wird sie immer ein Rätsel für die Menschheit bleiben…

Draußen vor den Toren

Gudrun Schutting-Wieser

Etwas hilflos stand ich inmitten meiner Schüler am Bischofsplatz und sah, wie immer mehr Kinder in mehr oder weniger geordneten Reihen aus der Schule strömten. In einem verzweifelten Versuch, den Überblick zu bewahren, begann ich meine Schüler zu zählen – mit dem Ergebnis, dass ich bei jedem Mal zwischen achtzehn und zwanzig schwankte und mir schlussendlich gar nicht mehr sicher war, wer denn nun wirklich in meiner Lateingruppe war. Ich schloss für einen Moment die Augen, um mich zu beruhigen. Als ich die Tür zugesperrt hatte, war die Klasse leer gewesen, ich konnte niemanden vergessen haben!

„Frau Professor, können wir jetzt heimgehen?" Es war klar, dass diese Frage früher oder später kommen musste.

Ich lächelte den Schüler möglichst gelassen an und meinte: „Leider noch nicht. Erst wenn diese, dieses..." - ich suchte nach einem passenden Wort - „Manöver beendet ist, könnt ihr entlassen werden."

„Und wie lang dauert das noch?"

Ich atmete durch. „Ich weiß es nicht."

„Kann ich meine Mutter anrufen, dass ich gehen kann?"

„Wenn du dein Handy dabei hast", antwortete ich, während ich mit meinen Gedanken bei sämtlichen fürchterlichen Szenarien war, die sich gerade in der Schule abspielen könnten.

„Das ist oben in der Klasse."

„Blöde Sache“, lautete meine pädagogisch nicht allzu wertvolle Antwort. „Von dort wirst du es in nächster Zeit wohl nicht holen können.“ Schmollend verzog sich der Schüler wieder.

Das Klassenzimmer! War die Klasse wirklich leer gewesen, als ich zugesperrt hatte? Ich sah mich wieder um, inzwischen war das Gedränge noch enger geworden, die Stimmen um mich herum noch lauter – und auf den ersten Blick konnte ich gar niemanden von meinen Schülern entdecken. Womöglich hatte sich ein Scherzkeks hinter den Spinden versteckt und nicht begriffen, dass dies keine Übung, kein Spaß war! Panisch begann ich noch einmal zu zählen – ein aussichtsloses Unterfangen.

Konnte ich verklagt werden, wenn ein Schüler während der Unterrichtszeit von einem Krokodil gefressen wurde? War das ein Präzedenzfall, zahlte da die Versicherung oder konnte ich mich auf eine Zweitkarriere in der Karlau einstellen? Ich schüttelte den Kopf, um diese blödsinnigen Gedanken zu verscheuchen.

„Du, sind bei dir alle da?“ Hinter mir stand eine Kollegin, die mich blass und mit weit aufgerissenen Augen anstarrte.

„Ich glaub schon,“ antwortete ich. „Ich bin mir nicht sicher...“, fügte ich hinzu und spürte, wie mir auf einmal völlig unpassende Tränen in die Augen stiegen. „Ich hoffe.“

„Die Kinder sind ja nicht doof,“ versuchte mich ein älterer Kollege aufzumuntern, dem die ganze Sache offenbar weit weniger zu Herzen ging. Vielleicht erlangte man ja diese Gelassenheit nach dem zwanzigsten Dienstjahr. „Glaubst du, die bleiben in der Schule, wenn sie die Aussicht auf eine Freistunde haben?“

Ich versuchte ein zaghaftes Lächeln aufzusetzen.

„Und außerdem – ich kann mir nicht vorstellen, dass da wirklich ein Krokodil ist! Bitte, wo soll denn das herkommen?“

„Aber die Chefin hat gesagt..."

„Was soll es denn sonst sein?" Der Gedanke, dass die Schule von einem wildwütig amoklaufenden Krokodil heimgesucht wurde, hatte sich so in meine Gedanken eingefressen, dass ich gar nicht auf die Idee gekommen war, dass es vielleicht doch nicht so sein könnte.

„Warten wir einmal ab. Noch gibt's keine Toten," brummte der Kollege. Falls das hätte witzig sein sollen, konnte ich nicht darüber lachen.

In der Zwischenzeit war eine ganze Truppe uniformierter (und sicherlich auch bewaffneter) Polizisten aufgetaucht, aber aus irgendeinem Grund schien niemand das dringende Bedürfnis zu haben, in die Schule einzudringen. Offenbar wartete man noch auf irgendetwas oder irgendjemanden.

Peter hatte inzwischen mit einer Autorität, die nur er ausstrahlen konnte, begonnen, die Schülerinnen und Schüler nach Klassen sortiert in Reih' und Glied zu befehligen, damit man wenigstens ungefähr feststellen konnte, wer da war und wer... jedenfalls gerade woanders weilte. Irgendwie erleichterte es mich, dass ich nicht die Einzige war, die ein wenig den Überblick verloren hatte.

„Wo ist eigentlich der Franz?", fragte mich da Astrid, die die andere Hälfte der Lateingruppe unterrichtet hatte.

„Der ist nicht in meiner Klasse", wollte ich schon reflexartig antworten – da dämmerte mir, dass sie womöglich keinen Schüler meinen könnte. Mein Blick wanderte zur Schule, wo die Fenster des ersten Stocks dunkel und verschlossen auf den Bischofsplatz herabschauten. „Ich hoffe, er ist nicht mehr im Lehrerzimmer", antwortete ich nur.

* * *

Helene Lanschützer, Ifeoma Moira Ikea, Anna Schlegl und Anna Penker

Die alten Texte und die hilflose Müdigkeit, die sich in der Zeit, die sie bisher in der Schule verbracht hatte, um sie gelegt hatte wie ein düsterer Schleier, führte dazu, dass Magdalena maßlos erschrak, als sie plötzlich aus dem Augenwinkel wahrnahm, dass ein Stück Papier unter der Tür des Archivs hindurch geschoben wurde.

Perplex sprang sie hin und hob den Zettel auf. Er schien ihr relativ neu zu sein, so neu, dass dieses Schreiben auch gerade erst verfasst worden hätte sein können. Ganz anders als dieser Maturatext aus dem vorletzten Jahrhundert. Keine Ecke war zerknittert, kein Fleck verunstaltete das definitiv nicht handschriftlich verfasste Blatt und alles in allem schien es geradezu klinisch sauber und ordentlich zu sein, als hätte jemand unbedingt gewollt, dass es seinen Weg zu ihnen vollkommen unbeschadet fand.

Ohne weiter darüber nachzudenken, öffnete sie die Tür, um zu sehen, wo es wohl hergekommen sein mochte. Doch da war niemand. Nichts und niemand. Noch nicht einmal ein Luftzug oder das Gefühl von Präsenz, das man meist zu verspüren pflegte, wenn sich etwas oder jemand in der Nähe befand.

Stattdessen wurden ihre Gedanken jäh von einer genervten Mädchenstimme unterbrochen. Fae - natürlich… Wer denn auch sonst! Wer außer ihr würde es fertig bringen, einen derart nervigen und ätzenden Ton anzuschlagen, ohne sich selbst dafür an den Kragen zu gehen. Ihr Gesicht sah nicht weniger furchteinflößend aus, und Magdalena war sich sicher, dass ihre Gesichtsmuskeln irgendwann anfangen würden zu zucken, weil sie diese so selten benutzte und stattdessen nur immer den gleichen mürrischen, oberflächlichen Gesichtsausdruck zur Schau stellte.

„Was machst du da, Magdalena? Warum springst du denn bitte so plötzlich auf und reißt die Tür auf, ohne auch nur die geringste Rücksicht auf jene zu nehmen, die du damit von wichtigeren Dingen ablenkst?“

Wovon ablenken denn, bitteschön? Davon, sinnlos in die Luft zu gaffen vielleicht?, gab sie in Gedanken bissig zurück ohne ein Wort zu sagen. Oh, es tat ihr ja so leid, dass sie das arme kleine Prinzesschen aus seinen nicht vorhandenen Gedanken gerissen hatte… Dennoch zwang sie sich, keinen weiteren Streit vom Zaun zu brechen, stattdessen hielt sie ihr nur den merkwürdigen Zettel vor die Nase und meinte dann scheinbar gleichgültig: „Der ist gerade unter der Tür durchgeschoben worden, keine Ahnung, woher er kam. Da draußen ist nichts…“

Fae runzelte nur skeptisch die Stirn, entriss ihr den Zettel und begann zusammen mit den anderen, die inzwischen zu ihnen gestoßen waren, zu lesen:

A. U. simuliert den Inspirationsprozess

Andreas Unterweger

Puh, ich hab überhaupt keine Lust ... Muss ich jetzt wirklich was schreiben? Bäh ... Einen inneren Monolog. In-ner-en Mo-no-lo-o-ho-ho ... Weiß gar nicht, wann ich so was das letzte Mal ... In der Schule, wahrscheinlich. Englisch-Schular- ... Und nur weil die Knoch das will ... Aber so ist es halt. Verlegerin ist gleich Bestimmerin! ... Na, gut, los geht's. Wo fangen wir an, wo? Am Schreibtisch. Hinsetzen, Andreas, hinsetzen zum Schreibtisch! „Das Hinsetzen zum Schreiben", hat der Wolfgang Bauer zu mir gesagt, „das ist das Schwierigste." Ja, der Wolfi ... Aber heute – heute wird es nicht so. Heute wird es ganz einfach. Zum ersten Mal. Heute – so. Sitze. Geht doch! Ah.

Laptop auf ... Zackzack. Passwort eintippen ... Ladidadidadida ... Word – Datei – nanu, was tut er?! Hm. Also, noch einmal: Word – Datei – Neu – Leeres Dokument und – wunderbar. Leere Seite. Schreiben! Mein Traumjob!! Meine Berufung!!! Ach!! Ah! Hm. Pfff – Brrr ... Innerer Monolog ... Innerrrrrer ... „Goethe simuliert den Bewusstseinsstrom", z. B., weiß noch, Werther, Uni ... Dabei gibt es nix Künstlicheres. Ich meine, wer denkt schon *wirklich* so? In Sätzen, Halbsätzen, Wortfetz- ... In so 'nem Pseudo-Alltags-Deutsch ... Mit Satzzeichen noch und nöcher!?! Lauter „..." und ... Wie denkt man eigentlich einen Gedankenstrich? – Und diese dummen Gedankensprünge ... Der Schnitzler war wahrscheinlich der Einzige, der je so ... Mmh, Schnitzerl ... Erdäpfelsalat ... Das wär jetzt ... Nein, nein. An die Arbeit, Andreas, an ... Schreiben schreiben hungrig bleiben – *hungrig,* verstehen Sie? Ich hab ja auch schon eine, hab auch schon WAS für eine, eine ... *Idee*!

„Aber, werter Degas! Verse macht man nicht mit Ideen, sondern mit Wörtern“ … Ja, eh. Pff. Muss mir das jetzt wieder … Aber: NE, nE, MallarmÉ, innerE MonologE schreibt man aber schon mit einer IdEE! HehE. … Also, ich zumindest. Wie war sie doch noch, die … KaffEE! Das ist sie! Die IdEE! Ein KaffEEidEE, phantastisch, Andreas, du hast schon was, also so was, so richtig Genia … Auf, aufstehen, zum KaffEE, auf, auf … KüchEE … EspressokannEE! – Das ist aber … Das ist aber nicht so gesund, Andreas. Du musst ja gesünder, sagt … Der Wurm, z. B., also der Erwin Wurm – „weil ich sehr darauf achte, *gesund* zu leben“. Immer nur geriebene Äpfel, der Wurm, hab ich neulich … Aber muss ich deshalb auch … Apferl … Pff … „Wurm isst nur Äpfel“ … Hehe. Nein, also – Kaffee ist ja nicht *unbedingt* ungesund … Hab ich ja neulich auch, an anderer … „in Maßen“, „gelegentlich“, „bis zu fünf Mal am Tag“ … Wie Wein, z. B. … Da sind ja auch so, so Dings drin … Gute … Und Bauchweh krieg ich immer nur vom Stress! Nur! Also gleich Wein? Nein, nein, kein Alkohol. Lieber gesund: Espresso! Doppelt! Wobei – das Herzklopfen neulich … Kein Spaß. Vielleicht doch lieber – oh ja, Malzkaffee! „Ein köstlicher *gesunder* Durstlöscher“!, laut zentrumdergesund … Oder halb Malz, halb gut, äh, echt, das geht – aber nur Löskaffee! Zum Loslassen … Entspannen … Halbhalb. So, halbes Löfferl Malz – ah, das war aber … Dann halt ein ganzer Löffel Echtkaffe dazu, zum Ausgleich … Oder zwei … Perfekt. Wasser kocht … Birkenzucker … *Sehr* gesund … Wurmesk, geradezu! Hehe. Und Wasser drauf, umrühren, mmh, riecht gut – verdammt guter Kaffee … und HEISS! AU! Zunge! Krawuzi … Das ist jetzt so … pelzig … Bäh … Macht nix … Wird schon … Jetzt muss es aber – vorsichtig …Immer noch – heiß … aber … ah … HERRLICH!! Hinsetzen! Hinsetzen zum Kaffee, in der Küche, mit einem Keksi, oder zwei, her mit der Packung, also: das ist das Schwierigste. Beim Schreiben. Dieses entspannte Hinsetzen. Die Ruhe finden. Trotz Stress!

Die *Ruhe im Gedankensturm*! Das ist auch eine Leistung, ja! Und draußen hinterm Fenster – Flieder, Sonne, sehr – hell, eigentlich, schon ziemlich, aber: eh schön … Dass man das genießen kann, so poetisch, so ein poetischer Act, eine One-Minute- … Nix tun … Nix denken … Die Gedanken sind Wolken … Die aus dem Kaffeehäferl aufsteigen … Die Stille … Helle … Stillehellestillehelle … Ladidadiadadi … … Wo ist eigentlich, mein, wo ist es … Wo hab ich es nur hin, mein – Handy? Handy?! HANDY!? Ah, eh da. Handy … Schauen wir einmal. Ein bissi informieren darf man … Braucht man … Braucht man sich nicht verbieten … Man muss ja, zumal als Schriftsteller, muss wirklich, muss ja *am Puls der* … zeit.de oder Twitter? Nein, Puls, denk an deinen Puls, Andreas, nur nicht aufregen … Keine Politik, nein, nein … Schon gar keine Kultur … Lieber Sport, vielleicht, ja, Formel 1 … Wobei: diese eingebildeten … Facebook, ja, Facebook, das passt, das ist auch News, Nachrichten, ist auch seri- … Ah, der Willi! Ein lieber Kerl… Und noch immer aktiv, hyperaktiv, mit 7! 70 neue Beiträge heute … Oder umgekehrt … Also, schauen wir einmal … Was? Was schreibt er da? „Akademisches Gymnasium – evaporiert"? Wie? Nein. „Evakuiert" … Warum das? Und ausgerechnet *jetzt*?! Ach … So komme ich ja nie zum Schreiben!

***

Anna Schlegl

Cassandra verstand gar nichts mehr! Wie zum Teufel war dieser Text nur hierhergekommen, wovon handelte er und vor allem: Wer hatte ihn geschrieben!? Schließlich tauchten derartige Zettel ja nicht einfach so auf. Jemand musste ihn geschrieben haben und jemand musste ihn hergebracht haben. Irgendwie gruselig – als hätte jemand einfach so von außen einen Text in ihre Geschichte, die sich gerade hier und jetzt abspielte, eingemischt.

Einfach so, zum Spaß – und weil er konnte. Vorsichtshalber entschloss sie sich, diesen Gedanken nicht weiter zu verfolgen.

Hätte es im Archiv einen Drucker gegeben, hätte sie zwar Fae durchaus zugetraut, so etwas ausgedruckt zu haben, um Magdalena einen Streich zu spielen, aber dazu war sie wohl einfach nicht kreativ genug. Wie sollte es auch anders sein, bei jemandem, der an seinem Handy hing wie ein 100-Jähriger an seinem Herzschrittmacher?

Durch diesen Gedanken für einen Moment lang abgelenkt, fiel ihr Blick auf einen anderen der herumliegenden Texte und der mysteriöse Zettel war sofort vergessen, denn es handelte sich um einen Liebesbrief.

Oh, sie liebte Liebesbriefe! Wenn sie sich die verliebte Person und ihren Schwarm vorstellte, konnte sie sich stundenlang phantastische Romanzen ausdenken. Manchmal waren die Geschichten in Cassandras Kopf tragisch, aber normalerweise wurden sie so romantisch, dass man, je nachdem, ob man eine romantische Ader hatte oder nicht, dahinschmolz - oder würgen musste. Cassandras Lieblingsliebesbriefe waren solche, in denen zwei Personen ineinander verliebt waren und das auch wussten, aber trotzdem Briefe schrieben, nur um ihre Liebe richtig ausdrücken zu können. Bei solchen Briefen brauchte Cassandra gar keine Geschichten mehr dazuzuerfinden - es war auch schon so romantisch genug.

Neugierig, ob es sich bei dem Blatt vor ihr um so einen Brief handelte, begann sie zu lesen:

Ein unerwarteter Brief

Laura Menapace

Lieber Gustav.

Es kostet mich wirklich viel Mut, dir das zu schreiben. Ich weiß zu dieser Stunde nicht, ob du jemals dasselbe fühlen wirst wie ich oder ob ich dir diesen Brief überhaupt jemals geben werde, aber ich muss dir etwas sagen.

Denn je öfter ich dich sehe, umso mehr wird mir klar, dass du der Grund dafür bist, warum ich gerne zur Schule gehe. Du musst nämlich wissen, dass ich dich langsam ziemlich gerne mag. Viel lieber als alle anderen Jungen.

Damals in der Musikstunde, als uns der Lehrer nebeneinander gesetzt hat, habe ich dich zum ersten Mal so richtig angesehen. Schon damals habe ich gespürt, dass du jemand besonderes für mich bist. Und als du mich dann angeschaut hast, mit deinen schönen blauen Augen, war es endgültig um mich geschehen.

Wenn ich nachts nicht schlafen kann, denke ich an dich, und tagsüber träume ich von dir. Denn du bist der Mensch, der mein Herz höher schlagen lässt. Wenn du lachst, geht für mich sogar an einem Regentag ein bisschen die Sonne auf, und wenn du traurig bist, bekommt mein Herz einen Sprung.

Ich möchte, dass du endlich weißt, was ich für dich empfinde, denn du bist der tollste Junge der Welt. Kein anderer hat so schöne blaue Augen und so wundervolle dunkle Locken wie du - oder hat ein auch nur annähernd so schönes Lächeln. Und kein anderer ist so nett oder so unglaublich talentiert und tüchtig.

Was ich sagen will: Du bist einfach perfekt.

Ich hoffe, dass du meine Gefühle erwiderst.

In Liebe, deine Else

Ziellos stöberte Fae durch die Regale des Archivs. Nachdem sie bereits ein Tonbandgerät und ein Freundschaftsbuch gefunden hatte, stellte sie sich die Frage, welche Schüler noch ihre Spuren hier hinterlassen haben könnten… und wie hatten es diese Texte und Geschichten überhaupt hierher geschafft? Es war unwahrscheinlich, dass die Schüler von damals einfach einen der Professoren gebeten hatten, ihre persönlichen Gegenstände im Schularchiv zu deponieren… und selbst wenn, was für ein Lehrer würde denn sowas tun?

„Ich habe keine Lust auf Klassenbücher", murrte sie und schob einen Haufen davon beiseite, was eine Menge uralten Staub aufwirbelte und die Vierzehnjährige zum Niesen brachte, als hätte man sie gerade mit dem intensivsten Heuschnupfen aller Zeiten infiziert. Langsam wurde ihr die unfreiwillige Gefangenschaft in diesem staubigen Kabuff unangenehm. Ihre Laune hob sich jedoch sogleich, als sie eine vergilbte Mappe entdeckte.

Sie war zwischen zwei Regalborde eingeklemmt und vermutlich von ganz oben heruntergerutscht. Das sah doch interessant aus!

Vorsichtig zog Fae das, an einen Vorkriegs-Schnellhefter erinnernde, Stück Kartonpapier hervor und bekam dabei gleich noch eine gewaltige Ladung Staub ab.

Mit nun gräulich gefärbten Zöpfen setzte sie sich im Schneidersitz auf den Boden direkt vor das Regal und öffnete gespannt die Mappe. Irgendwie wirkte sie wichtig – vermutlich, weil sie alt war.

Im Inneren befand sich, sehr zur Verwunderung des Mädchens, nur ein einzelner Brief…

Bei genauerem Hinsehen wurde jedoch klar, warum dieses Stück Papier eine ganze Mappe für sich allein bekommen hatte. Es handelte sich um einen Brief, den der Graf von Herberstein vor über 100 Jahren dem Direktor des Akademischen Gymnasiums gesendet hatte - zusammen mit einem großen, grünen Reptil.

Beim Lesen wurden Faes Augen immer größer; das war mehr als ein gewöhnlicher alter Brief. Die kantigen Buchstaben zogen sie in ihren Bann. Beinahe fühlte es sich so an, als wäre sie selbst im Arbeitszimmer des Grafen, wo dieser an einem schweren Sekretär aus gedunkeltem Eichenholz saß und mit der Linken mit einem silbernen Zigarrenetui spielte, während er schrieb...

Eigentlich erschien es ihr schon fast zu real, aber vielleicht brannte auch nur gerade die Fantasie mit ihr durch…

„Hey! Hört mal zu“, rief sie und begann, die Geschichte, die sie vor sich sah, zu erzählen. Der Brief, der noch immer in der Mappe vor ihr lag, raschelte leicht, als sie sich zu den anderen umwandte.

Krokodil gefällig?

Jakob M. Steurer

Wir schreiben das Jahr 1911. Johann Joseph, Graf von Herberstein und Proskau, saß in seinem Arbeitszimmer in Schloss Herberstein und schrieb einen Brief. Der Brief ging an Johann Gutscher, den Direktor des Akademischen Gymnasiums in Graz.

Der Graf hatte im Sudan ein Krokodil geschossen und es ausstopfen lassen. Nur gab es da ein Problem: jetzt wusste er nicht wirklich, was er damit anfangen sollte. Deshalb entschloss er sich, es zu stiften. Nur wem? Da kam ihm ein Gedanke: das Akademische Gymnasium in Graz wäre ideal. Immerhin war es von Erzherzog Karl II. gegründet worden. Außerdem war schon mal ein von Herberstein der Direktor dieser Schule gewesen.

Der Graf hatte schon viel Gutes von dieser Schule gehört. Deshalb wollte er der Schule etwas stiften. Etwas Außergewöhnliches. Etwas, das niemand sonst der Schule bieten konnte. - Ein Krokodil. Ein Nilkrokodil, um genau zu sein. Das war perfekt. Der Brief, den er also schrieb, lautete wie folgt:

Sehr geehrter Herr Johann Gutscher, Direktor des Akademischen Gymnasiums zu Graz.

Meinen Namen Johann Joseph, Graf von Herberstein und Proskau, brauchen ich Ihnen sicher nicht zu nennen, wenn ich mich an Sie wende.

Ich war kürzlich im Sudan unterwegs und habe dort ein Nilkrokodil geschossen. Ich habe beschlossen, es Ihrer Schule zu stiften. Ich habe schon so viel Gutes von Ihnen gehört und da auch einmal ein Herberstein Direktor Ihrer Schule war, gab es gar keine bessere Wahl.

Es war eine spannende Jagd im Sudan mit einem höchst erfreulichen Ergebnis. Schon als ich das Krokodil das erste Mal sah, wusste ich, dass es anders als die anderen ist. Um einiges stärker und um einiges schneller. Meine Vermutung erwies sich als richtig. Bei der gefährlichen Jagd wurden sogar zwei meiner Begleiter verletzt.

Als der Graf nach diesem Absatz seine Füllfeder zur Seite legte, erinnerte er sich an die Szenen im Sudan. An das Krokodil, an seine Begleiter, an die Schreie der Begleiter; als sie verletzt wurden, an den Todesschuss……..

Sudan, 1911. Der Graf von Herberstein und Proskau geht durch einen Sumpf, irgendwo nördlich von Faschoda. Er wird von sechs stark gebauten und stattlich bekleideten Männern begleitet. Jeder hat eine Flinte in der Hand. Auch der Graf. „Und, Männer? Irgendwas entdeckt?“, flüstert der Graf.

„NEIN, HERR GRAF!“, antworten die Männer wie im Chor.

„Nicht so laut“, flüstert der Graf leicht verärgert. „Oder wollt ihr noch alle Krokodile verscheuchen?!“

„Mit Verlaub, Herr Graf, ich denke nicht, dass Krokodile sonderlich schreckhaft sind. Ich denke eher, dass sie uns angreifen würden!“, antwortet einer der Männer, mit besserwisserischer Stimme.

„Wäre dir das lieber?!“, flüstert der Graf, nicht mehr allzu gut gelaunt und auch nicht mehr allzu leise.

„Nein, mein Herr…“, antwortet der Mann, leicht verschämt aber auch leicht wütend. Er hat kurzes, blondes Haar, ist sehr groß und schlank und vor allem sehr hochnäsig.

Noch bevor der Graf etwas erwidern kann, hören sie ein Geräusch. Leise, nur von kurzer Dauer. Wie zerbrechendes Holz. Ist einer der Männer auf einen Ast getreten? Nein, das kann nicht sein. Während des Wortwechsels zwischen dem Grafen und dem blonden Besserwisser sind alle stehen geblieben. Aber was ist es dann?

„Männer, passt gut auf! Ich glaube, ein Krokodil ist in der Nähe….“, flüstert der Graf, so leise er nur kann. Dann sieht er in einem Gebüsch den gepanzerten Rücken des Reptils. Nur für den Bruchteil einer Sekunde sieht er es vorbeihuschen. Es ist größer als normale Krokodile. Um einiges größer…. Was für ein Fang! Ein Krokodil, so groß wie kein anderes!, denkt der Graf, voller Vorfreude auf seine Heimkehr, wo er als Held gefeiert würde. Ein so großes Krokodil! Es wird in die Geschichte der Familie Herberstein eingehen! Er, Johann Joseph, Graf von…

Seine heroischen *Zukunftsvisionen* werden von zwei lauten Donnern unterbrochen. Schüsse! Der Graf wirbelt herum. Der blonde Besserwisser hat auf das Krokodil geschossen. Es flüchtet gerade in das sumpfige Dickicht, dicht gefolgt vom Besserwisser. „He, du! Sofort stehenbleiben!“, ruft der Graf. Doch es ist zu spät. Der blonde Besserwisser ist mit dem Riesenkrokodil im Dickicht verschwunden.

Die Männer des Grafen wollen ihm folgen, doch der Graf hält sie auf: „Wir greifen erst ein, wenn es wirklich brenzlig wird! Ich will kein weiteres Risiko eingehen!“ Doch kaum hat er den Satz beendet, hört man einen lauten, fürchterlich gellenden Schrei. „JETZT ABER LOS, MÄNNER! ZACK, ZACK! KEINE ZEIT MEHR VERLIEREN!“, brüllt der Graf, so laut es geht.

Tilman Riegler

Die Männer stürmen los, zum Ort des Geschehens. Was sie dort sehen, erfüllt sie mit Entsetzen. Im Bein des Besserwissers ist eine tiefe, stark blutende Wunde. Das Gras um den Verletzten hat sich rot gefärbt. Sofort verbinden die Männer die Wunde mit Stoff, während der Graf weiter nach dem Krokodil Ausschau hält. Da! Ein leises Rascheln! Doch noch bevor der Graf schießen kann, ist das Krokodil schon wieder verschwunden. Währenddessen entfernt sich wieder ein Mann von der Gruppe und nähert sich langsam dem hohen Gras. Kurz darauf vernimmt der Graf einen weiteren Schrei. Sofort stürmt er zum Ort des Geschehens und sieht den Mann, mit dem Kopf auf einem Stein liegend, aus der Stirn stark blutend, ohnmächtig am Boden.

Das Krokodil muss ihn mit seinem Schweif geschlagen und mit der ganzen Wucht seiner Masse weggeschleudert haben, denkt der Graf. Er ist offenbar mit der Stirn auf diesen Stein geprallt und hat jetzt eine Platzwunde. Auch diesem Verletzten leisten die Männer des Grafen, die dem markerschütternden Schrei ebenfalls gefolgt sind, erste Hilfe.

Schon wieder vernimmt der Graf ein verdächtiges Rascheln. Nein, diesmal wird er das Krokodil nicht verfehlen, da ist sich der Graf ganz sicher! Er dreht sich Richtung Ursprung des Raschelns, entdeckt das Krokodil, legt die Flinte an, zielt und… drückt ab! Einmal - und noch einmal! Es hallen zwei laute Schüsse auf.

Dann wird plötzlich alles totenstill. Das Krokodil liegt reglos im Gras. Nichts bewegt sich mehr. Gar nichts. Langsam und vorsichtig nähert sich der Graf dem gigantischen Tier. Es liegt auf dem Bauch im Gras. Im blutig roten Gras. Er hat es geschafft! Das Krokodil ist besiegt! Seine Männer jubeln laut. Auch der Besserwisser.

Der Graf steht stolz vor seinen Männern und badet förmlich im Ruhm. In den nächsten Tagen erholen sich die beiden Verletzten von ihren Wunden. Der Graf kehrt mit seinen Männern zurück nach Schloss Herberstein und wird dort nicht, wie erwartet, als Held gefeiert. Nein, er wird ganz und gar nicht gefeiert. Denn niemand, wirklich niemand weiß, was man mit einem so großen Krokodil nur anfangen soll…

Der Graf musste bei dem Gedanken an das Krokodil leicht schmunzeln. Wie viel Hoffnung hatte er sich gemacht, in die Geschichte der Familie Herberstein einzugehen. Doch er ging nicht in die Geschichte ein. Und Ruhm bekam er auch nicht.

Alles, was er bekam, war folgende Aussage seiner Frau: *„Johann, Johann, Johann! Immer bringst du Sachen mit, mit denen niemand was anfangen kann!“*

Jetzt aber genug mit den alten Geschichten, dachte sich der Graf, nahm seine Füllfeder wieder zur Hand und schrieb weiter:

Aber ich schweife schon wieder ab. Ich hoffe, dass Sie, Herr Direktor, mit meiner Spende etwas anfangen können. Immerhin hat es mich viel Mühe gekostet, dieses Krokodil zu erschießen. So oder so, es war ein erquickendes, spannendes Erlebnis. Allerdings hoffe ich, dass mir so etwas nie mehr widerfährt.

Zum Abschied möchte ich Ihnen alles Gute und viel Glück als Direktor dieser grandiosen Schule wünschen. Mit freundlichen Grüßen,

Johann Joseph, Graf von Herberstein und Proskau

Er schob den Brief in einen Umschlag und versiegelte diesen. Er schrieb noch die Adresse der Schule und den Namen des Empfängers darauf und rief anschließend einen Diener zu sich. „Alfred, sei so nett und bring diesen Brief zur Postanstalt, ja?"

„Sehr wohl, Herr Graf", erwiderte dieser, nahm den Brief entgegen und verließ das Zimmer.

Nun war der Graf alleine. Er lehnte sich in seinen Sessel zurück und dachte nach. Er ließ die Szenen im Sudan noch einmal Revue passieren. Dann fiel sein Blick auf das Krokodil, das in seiner ganzen ausgestopften Größe noch immer in der Reisekiste in seinem Arbeitszimmer lag. Die dunklen Augen blitzen ihm unangenehm lebendig aus dem dunkelgrünen Gesicht entgegen.

Er wusste nicht, was es war, aber irgendetwas bereitete ihm Unbehagen, wenn dieses Krokodil in seiner Nähe war…

***

Anna Penker

Sprachlos starrten die Schüler Fae an, nachdem sie geendet hatte. Was hatte sie ihnen da nur für eine Geschichte erzählt? Und wie hatten sie sich so nahe an den Ereignissen fühlen können, als wären sie selbst dabei gewesen?! „Geht es in diesem Brief wirklich um das Krokodil, das bei uns im Erdgeschoss hängt?", fragte Sven ungläubig.

„Jetzt hängt es nicht mehr im Erdgeschoss!", warf Louis ein.

„Natürlich, natürlich… Wie konnte ich das vergessen?", seufzte Sven. Langsam wurde diese ganze Situation mehr als schräg. *Kafkaesk* hätte Professor B. wahrscheinlich dazu gesagt; inzwischen konnte er sich ungefähr vorstellen, was mit diesem Begriff gemeint war.

Während die anderen noch immer das alte Schreiben in der Mappe betrachteten, hatte sich Cassandra wieder den Schätzen des Archivs zugewandt und ein staubiges Klassenbuch aufgeschlagen. „Oh, schaut mal", rief sie auf einmal. „Schon wieder eine Geschichte mit Liebesbrief!"

1985: Ein Liebesbrief im Lateinunterricht

Svenja Goecke

Es war ein ganz normaler Montag und eine ganz normale vierte Stunde, in der die 3B Klasse, wie gewöhnlich, Latein hatte. Es ging rund in der Lateinstunde und der junge Professor verdrehte nur die Augen (was auch gewöhnlich war), weil er schon am Anfang des Schuljahres gemerkt hatte, dass all seine Ermahnungen rein gar nichts nützten.

Es war schon einmal so laut gewesen, dass der Direktor im ersten Stock es gehört hatte und zu ihnen herauf gekommen war, die halbe 3B zusammengeschimpft, und als das auch nichts half, sogar den Schulwart geholt hatte. In der Stunde darauf schloss der hilflose Professor einen Pakt mit seiner Lateinklasse, der besagte, dass sie Zettel schreiben durften, aber das Ganze leise, so dass diejenigen, die wider Erwarten aufpassen wollten (was allerdings nur eine einzige Schülerin, nämlich Emma war), es auch konnten.

An diesem Montag ging es zwar wieder heftig zu, aber es war immerhin nicht laut. Es flogen Zettel und Papierflieger durch die Luft, die alle voll bekritzelt waren, und mit welchen die Schüler sich über den neuesten Klatsch und Tratsch der 3B austauschten. Die Schüler lasen entweder geheime Briefchen, schrieben alles, was ihnen gerade einfiel, auf, warfen Zettel durch die Luft, in der Hoffnung, dass sie nicht der Falsche bekam, oder schauten zu, wie die Zettel und Papierflieger kreuz und quer durch das Klassenzimmer geschossen wurden, weil sie zu faul waren, selbst zu schreiben oder überhaupt etwas zu machen.

Nur Emma passte auf, während sie ein interessantes Gespräch mit dem Professor über den sechsten Fall, den Ablativ, führte. Er hatte sich direkt vor ihrem Pult positioniert, weil es ihm schlicht zu anstrengend war, dauernd Emma aufzurufen, zumal ohnehin nur sie wirklich aufpasste.

Doch plötzlich traf ein Zettel Emmas Kopf. Der junge Lehrer verdrehte nur die Augen und ignorierte das Misslingen seines pädagogisches Konzepts. Sie wollte den Brief schon in den Mist werfen, doch ihre Wut war wie weggeblasen, als sie ihren Namen auf dem zerknüllten Papier fand. Es *musste* für sie sein, weil es in der Klasse keine andere Emma gab. Ihre Neugier war geweckt. Sie versuchte das Stück Papier glattzustreichen und las:

Liebe Emma!

Weißt du eigentlich, dass - es fällt mir jetzt schwer, das zu schreiben – ich in dich verliebt bin? Bitte bewahre den Brief auf… Es ist gar nicht so einfach so etwas zu schreiben… Ich habe das nämlich noch nie gemacht. Jetzt aber genug von mir.

Deine Augen sind so blau, wie der Ozean. Sie strahlen so hell wie die Sterne im Weltall. Du bist so einzigartig, wie die Krone der Queen. Du bist so intelligent, wie alle Lehrer zusammen, Isaac Newton und Leonard Euler eingeschlossen und die ganzen anderen berühmten Mathematiker.

„Newton ist ein Physiker," bemerkte Emma, freute sich aber trotzdem. Immerhin hatte sich ihr Verehrer die Mühe gemacht, sich diese Namen überhaupt zu merken.

Du bist so nett und niveauvoll (ich weiß zwar nicht genau was das ist, aber ich weiß, dass das etwas Gutes bedeutet).

Chiara Versic

Emma musste schmunzeln.

Ich weiß ja, dass solche Briefe normalerweise ein bisschen länger sind, aber momentan fällt mir nicht mehr ein.

Liebe Grüße, Paul Eb....

Bevor Emma den Namen ganz zu Ende lesen konnte, riss ihr der Professor frustriert den Brief aus der Hand, schimpfte vor sich hin und legte ihn in das Klassenbuch. Er sah Emma mit enttäuschtem Tadel an, denn wenn nicht einmal sie mehr aufpasste, könnte er sich stattdessen gleich eine Freistunde gönnen.

* * *

Ida Stettner

Louis überdrehte die Augen. Immer Cassandra mit ihren Liebesbriefen! Er hätte sich gerne weiter mit Sven über das Krokodil unterhalten, denn das wäre bestimmt ein interessanteres Gespräch geworden. Aber jetzt war der passende Moment dafür wohl vorbei...

Sven war gerade auf der Suche nach Mathe-Maturaarbeiten, um zu sehen, wie schwer die waren und ob es für ihn noch Hoffnung gab, und unterhielt sich währenddessen mit Fae. Es ging darum, ob Sven überhaupt die achte Klasse schaffen würde, und ob er sich die Mühe, sich auf die Matura vorzubereiten, nicht gleich sparen sollte.

Louis beschloss ärgerlich, sich bei der nächsten Gelegenheit für ein interessantes Gespräch weder durch Cassandra noch durch irgendjemand anderen ablenken zu lassen. Da verspürte er auf einmal ein leichtes Schwindelgefühl. Anscheinend hatte er Hunger.

Wer weiß, wie lange sie schon nichts mehr gegessen hatten? Louis sah in seine Schultasche und ärgerte sich, als er nur eine leere Jausenbox entdeckte. Er hatte seine Jause schon aufgegessen. Da entdeckte er zu seiner Freude das Trinkjoghurt, das er vorhin gekauft und nicht ganz fertig getrunken hatte. Er leerte es vollständig und nahm erleichtert wahr, dass das Schwindelgefühl verschwunden war.

Louis steckte den leeren Becher in seine Schultasche und griff wieder nach dem Jahresbericht, in dem er schon zuvor nach Lehrernamen, die er kannte, gesucht hatte.

Magdalena sah sich währenddessen die archivierte Post an einen alten Direktor an. Unter den vielen Briefe befand einer, der anscheinend von einem Lehrer stammte. Neugierig und begann sie zu lesen. Weshalb sollte ein Lehrer denn ausgerechnet einen Brief an den Direktor schreiben? Konnten sie nicht in der Schule miteinander sprechen?

Ein interessanter Vorfall...

David Till

Graz am 16. Juli 1962

Sehr geehrter Herr Direktor Richart!

Ich möchte Ihnen Mitteilung über einen Vorfall in meiner Klasse erstatten, welcher Ihnen schon von unserem geschätzten Schulwart zugetragen wurde.

Wie Sie sicher wissen, wachsen vor unserem Klassenzimmer herrliche Tomatensträucher, welche ich mein Eigen nenne. Leider haben einige Lausbuben aus meiner Klasse ein paar dieser roten, saftigen Beeren abgerissen. In der 10:00-Uhr-Pause wollten sich die Schlingel ihre Beute vor der Schule gerecht teilen, als ich sie dabei ertappte. Der kleinste und schmächtigste „Räuber", Till Schütze, stopfte sich die reifen Nachtschattengewächse in die Taschen seiner Joppe und Hose. Die restliche Bande ging ohne Diebesgut an mir vorüber in die Klasse.

Als nun der kleine Schütze mit verdächtig ausgebeulter Joppe und Hose an mir vorbeiziehen wollte, stellte ich ihn zur Rede. Sofort gab er zu, die Früchte der Art „Solanum lycopersicum" vorhin von den Sträuchern gepflückt zu haben, verriet seine Kameraden aber nicht. Persönlich rechne ich das diesem Verbero hoch an, auch wenn das für die Gesamtbeurteilung dieser Untat nicht von Relevanz sein darf.

Aus meiner Sicht war dies nur ein Lausbubenstreich und es ist den Jungens auch nicht zu verdenken, da die Goldäpfel so schön verführerisch rot leuchteten.

Mein Vorschlag wäre deshalb, dass die ganze Klasse einen Aufsatz über das Eigentumsrecht im alten Rom schreibt.

Ich bitte bezüglich dieser unangenehmen Causa um Ihre hochgeschätzte Meinung und verbleibe

mit freundlichen Grüßen, David Till (Klassenlehrer der 3b)

* * *

Ida Stettner

Inzwischen hatte Louis den Jahresbericht Jahresbericht sein lassen und begutachtete eine Mappe mit Deutschschularbeiten aus einer zweiten Klasse. Er las sich einige durch und fand sie recht interessant, doch während er die fünfte las, begann er zu zittern. Diese Geschichte war zu viel für seine ohnehin schon mitgenommenen Nerven.

Der Junge schluchzte und bebte, während er zusammengekauert am Boden saß. Die anderen bemerkten nichts von alldem, sondern begutachteten wieder irgendwelche alten Zettel, die kein Mensch mehr brauchte. Louis war empört. Bemerkte denn niemand, dass er verzweifelt war und ganz dringend Trost und Aufmerksamkeit brauchte?!

Hilfesuchend sah er sich im Raum um. Nach wenigen Sekunden entschied er sich für Sven, den Ältesten, der gerade auf einem der Sessel im Archiv saß und völlig in ein vergilbtes Heft vertieft war. Louis lief zu ihm und kauerte sich auf seinen Schoß. Er vergrub sein Gesicht in seine Hände und zitterte und schluchzte weiter.

Sven war bei diesem plötzlichen Ansturm von kindlichem Bedürfnis nach Nähe völlig überrumpelt aufgefahren und ungefähr folgende Gedanken schienen ihm durch den Kopf zu gehen: „Hilfe! Ein Krokodil?! Oder noch schlimmer – ein Kind! Ich sterbe!" Etwas hilflos betrachtete er das bebende Kind auf seinem Schoß und

Marie Romich

fragte sich, was der Kleine jetzt wohl von ihm wollte. Die drei Mädchen starrten ihn derweil grinsend an und er hätte Louis am liebsten hinuntergestoßen. Nach einigen Sekunden tätschelte er Louis ratlos die zuckenden Schultern und fragte: „Was ist denn?...hm?“

Louis richtete sich auf. Er rieb sich die Augen, schaute Sven an und zeigte wortlos auf das Stück Papier, das er gelesen und danach auf den Boden fallen gelassen hatte.

Cassandra hob das Blatt auf und las sich die Schularbeit darauf durch. Als sie am Schluss angelangt war, fragte sie mit einem Schulterzucken: „Was ist so schlimm daran? Ich meine, es stimmt, dass es ein wenig brutal ist und wer immer der Verfasser ist, hat für einen Zweitklässler eine schon erstaunlich zerstörte Fantasie - wahrscheinlich zu viele Gruselfilme gesehen - aber sonst sehe ich keinen Grund, Svens Schoß zu belagern.“

Fae kicherte und lächelte Sven böse zu: „Wobei du ruhig noch da bleiben könntest, bis ich die Szene fotografiert habe, Louis!“ Sie drehte sich um und begann, nach ihrem Handy zu suchen, das hier doch irgendwo liegen musste.

„Lass ihn doch!“, wollte Sven schon erwidern, besann sich dann aber eines Besseren und erklärte Louis stattdessen: „Du könntest wirklich runtergehen…“ Er bemühte sich, dem Kleinen aufmunternd zuzulächeln. „Es wird dir schon nichts passieren.“

Ein wenig widerstrebend zog sich Louis zurück und ließ sich neben Sven am Boden nieder, als wäre allein seine Nähe schon ein ausreichender Schutz gegen alles Üble, was womöglich da draußen auf sie lauern könnte.

Magdalena blickte neugierig zu Cassandra, die noch immer mit dem Zettel in der Hand dastand, und meinte: „Lies den Text mal vor - ich würde wirklich gerne wissen, was daran so verstörend sein soll!"

Sven protestierte: „Damit der Kleine danach wieder getröstet werden muss?" Er wandte sich zu Louis: „Wenn du dich wieder auf einem Schoß zusammenrollen musst, entscheide dich das nächste Mal für einen anderen!"

Magdalena verdrehte nur die Augen: „Er wird keinen Schoß brauchen. Er kennt den Text jetzt schon und wird ihn nicht mehr so schlimm finden! Wahrscheinlich ist es sogar gut, wenn er ihn noch einmal hört, dann hat er die Geschichte nicht als so verängstigend in Erinnerung… Du weißt schon – all dieses physologische Zeugs!"

„Du meinst psychologisches Zeugs?"

„Klugscheißer."

Sven hatte keine Lust mit den Mädchen weiter zu diskutieren. Er blinzelte Louis kameradschaftlich zu und schwieg, woraufhin Cassandra begann vorzulesen.

Der fliegende Tod

Deutschschularbeit vom 13. 4. 2006

Thema 3: Setze den Krimi fort

Peter trug gerade den Einkauf ins Haus, als er plötzlich aus dem Keller ein Rasseln hörte und die Tür aufriss. Er schaltete das trübe Licht an und am Fuß der Treppe sah er eine Gestalt, welche sich gerade die Stufen heraufschleppte. Er wollte schon die Tür zuschlagen, doch irgendetwas klemmte…

…Jemand hatte sie blockiert. Schon hatte die Gestalt die Treppe überwunden, stand vor ihm und rammte ihm etwas in seinen Hals. Peter fiel um.

Er fand sich in einem engen, dunklen Raum wieder. Er war gefesselt. Peter wusste, er war im Kofferraum eines Autos, denn er spürte die Schlaglöcher in der Straße und er nahm den grausigen Geruch der Abgase wahr. Er wollte schreien und sich bewegen, doch er konnte nicht.

Plötzlich blieb das Auto stehen und er hörte die Fahrertür auf- und zugehen. Jemand ging durch sehr hohes Gras auf ihn zu. Er hörte, wie das Gras von den Schritten niedergedrückt wurde. Die Kofferraumklappe wurde aufgemacht und Peter wurde herausgezogen. Er wurde bis zu etwas verdammt Großem geschleppt, das er nicht erkennen konnte. Peters Entführer band etwas um seinen Hals, er hörte ein lautes Raunzen, wahrscheinlich hatte der Entführer gerade irgendetwas eingeschaltet.

Langsam baute sich etwas vor Peter auf, es war rundlich und hatte Streifen auf seinem Körper. Peter begriff, es war ein Heißluftballon. Er wurde langsam am Hals in die Höhe gehoben, ihm blieb die Luft weg. Verzweifelt rang er nach Sauerstoff, doch er spürte wie er langsam, aber sicher, erstickte.

* * *

Sven, Magdalena und Fae blickten Cassandra erwartungsvoll an, aber Cassandra meinte nur, indem sie den Text beiseitelegte: „Das war alles. Unten steht noch in roter Lehrer-Schrift, dass die Geschichte sehr spannend ist, aber dass der Schlussteil zu kurz ist beziehungsweise nicht existiert. Außerdem steht, dass der ganze Text länger sein könnte und dass zu viele Fehler darin sind. Die Note auf die Schularbeit ist ein Dreier, wobei daneben ein kleines Minus ist."

Enttäuscht meinte Fae: „Also war das wirklich schon die ganze Geschichte?" Cassandra nickte bestätigend.

„Naja, ich kann mir schon vorstellen, was jemand mit schwachen Nerven schlimm an dem Text findet", meinte Sven. Er sah zu Louis hin. Der hatte die Geschichte tatsächlich nicht mehr ganz so schlimm gefunden und hatte sich wieder ein bisschen beruhigt.

Trotzdem meinte der Junge leise: „Ich werde mich nie wieder trauen, in den Keller zu gehen…"

Die anderen sahen ihn belustigt an und murmelten etwas von wegen: „Er ist eben doch noch klein… Erstklässler..." - Und jetzt fiel Louis erst auf, dass er dieses Klischee offenbar endgültig bestätigt hatte, dass er *der Kleine* war... Einerseits war das ärgerlich, denn jetzt würden die anderen sicher nur noch mit ihm reden, als würde er alles mögliche noch nicht verstehen und ihn behandeln wie ein

Kind; andererseits war es auch nicht unbedingt immer nur schlecht, der Kleine zu sein. Wenn man Angst hatte, konnte man sich zum Beispiel erlauben, sich am Schoß anderer Leute zu verkriechen...

Louis machte von jetzt an einen großen Bogen um Schularbeitentexte, denn er wollte das Risiko nicht eingehen, noch einmal einen solch furchterregenden Text zu finden. Hoffentlich musste er nie so einen Krimi bei einer Schularbeit schreiben.

Cassandras Interesse für die Schularbeiten aus den zweiten Klassen war aber geweckt, denn diese Schularbeiten beinhalteten noch richtige Geschichten und nicht mehr bloß Gedichtanalysen, Erörterungen, Empfehlungen oder Ähnliches, das einfach nicht mehr so schön zu lesen war. So schlug sie eine weitere Schularbeit auf, die ihr recht lang erschien und an deren Ende - wieder in roter Schrift - *Sehr gut* stand.

Projekt Krokodilfang

Allegra Ketscher

2. Schularbeit vom 4.12. 1983

Schreibe eine Abenteuergeschichte, wie du ein Krokodil fängst!

Achte dabei auf korrekte Interpunktion und Orthographie und vergiss nicht, deinen Text durch Absätze sinnvoll zu gliedern.

Mein Abenteuer begann im Jahre 1973, ich musste mich auf eine gefährliche Reise begeben, nach Afrika, um dort ein Krokodil zu fangen. Als ich meine letzten Sachen gepackt hatte, brachte mich ein Flugzeug nach Afrika.

In Afrika angekommen, fuhr ich zu meinem Haus, das man mir aufgetrieben hatte. Ich warf einen prüfenden Blick in die Räume, um zu sehen, ob alles da war, was ich brauchte, und um zu sehen, ob mich auch kein wildes Tier erwartete. Immerhin befand ich mich hier am Rand der Wildnis! Nein, puh, Glück gehabt!

Ich beschloss, mich auf die Suche nach anderen Menschen zu machen. Ich war erfolgreich und hatte nach einigem Herumirren die Einwohner dieses Dorfes gefunden. Sie saßen alle lachend und essend um ein Feuer und hatten Spaß. Als mich endlich jemand bemerkte, kam er lächelnd auf mich zu und begrüßte mich auf Englisch, da ich kein Afrikanisch konnte. Er erklärte mir freundlich, dass sie schon wussten, dass ich zu Besuch kommen würde. Sie wussten auch, weshalb ich nach Afrika geflogen war, und der Mann sagte mir, dass er mir morgen helfen würde, ein Krokodil zu fangen. Er meinte aber auch, dass ich mich jetzt zu ihnen setzen könne, mit der Begründung, dass die Vorbereitungen, um ein Krokodil zu fangen, erst morgen losgingen. So hatte ich noch einen wunderbaren Abend.

Erst spät in der Nacht ging ich ins Bett, und ehe ich mich versah, war schon der nächste Morgen angebrochen. Zum Glück musste ich erst gegen neun Uhr aufstehen. Mein Tag fing erst einmal mit einem schönen Frühstück an. Als wir fertig waren, erklärte mir Andi, der Mann von gestern Abend, dass wir jetzt mit den Vorbereitungen für meinen Plan anfangen würden. Ich hatte mir schon gedacht, dass es anstrengend werden würde, aber nicht, dass es so extrem wäre, denn er verlangte von mir Kraftsportübungen, Ausdauerübungen und noch vieles mehr.

Ich war wirklich froh, als der Tag sich dem Ende zuneigte, denn ich war sehr müde. Deshalb beschloss ich, nach dem Abendessen lieber gleich schlafen zu gehen, während die anderen sich wieder um das Feuer setzten. Kurz bevor ich einschlief, betete ich, dass der nächste Tag hoffentlich nicht so anstrengend werden würde - und schon schlief ich ein.

Es sah so aus, als wäre mein Wunsch erhört worden, denn die Anstrengung hielt sich in Grenzen, worüber ich wirklich sehr dankbar war. Die nächsten Tage waren auch nicht so aufregend, erst eine Woche später kam eine Nachricht für mich an, die mich sehr zum Zittern brachte, denn Andi sagte: „Da du nun so gut vorbereitet bist, versuchen wir morgen ein Krokodil zu fangen, damit du es dann mitnehmen kannst!"

Zuerst dachte ich, Andi hätte einen Scherz gemacht, und ich fing an zu lachen, aber als ich sah, dass Andi todernst blieb, wurde mir kalt und heiß zugleich, und ich fing an ihn anzuflehen, mir noch ein bissen mehr Zeit für die Vorbereitungen zu geben. Vergeblich, denn er lachte nur und meinte, dass ich das locker schaffen würde.

Also stieg ich am Abend mit einem mulmigen Gefühl ins Bett. Als ich am nächsten Tag aufwachte, ging es mir richtig mies. Ich glaubte zuerst, ich wäre krank und hätte Fieber, doch einen Augenblick später war mir klar, dass es an der Aufregung lag. Schließlich fängt man nicht jeden Tag irgendwo in Afrika ein Krokodil - oder versucht es wenigstens.

Nun war es soweit und wir befanden uns in einem abgelegenen, feuchten Krokodilparadies. Jetzt wurde es wirklich ernst und der entscheidende Moment kam. Da war ein riesiges Tier! Ich warf dem Krokodil einen dicken Sack über, und ich schaffte es tatsächlich. Doch leider vergaß ich in der Aufregung, dem Krokodil die Beine zusammenzubinden. Es riss mich mit sich und ehe ich bis sieben zählen konnte, saß ich – Gott weiß, wie ich das fertiggebracht hatte - auf seinem Rücken!

Doch zu meiner Überraschung fand ich das ziemlich lustig und kurz darauf gelang es mir irgendwie doch, die Klauen des Tiers zu fesseln. Nun lag es am Boden! Ich war extrem stolz auf mich und noch am selben Abend gab es ein großes Fest nur für mich. Alle gratulierten mir und ich bedankte mich für alles.

Am nächsten Tag war ich wieder zu Hause.

Was für ein Abenteuer!

***

Cassandra grinste vor sich hin, als sie daran dachte, was wohl Greenpeace zu dieser Geschichte sagen würde. Aber 1983, das waren wohl noch andere Zeiten.

Louis hatte unter einer Schachtel in einem Regal ein paar linierte Blätter gefunden, die durch eine Schnur zusammengehalten wurden. Sie sahen wie typisches Schmierpapier aus, das man immer in der Schultasche haben sollte, da man sonst in langweiligen Stunden nur allzu leicht verführt wurde, sein Heft vollzuschmieren. Louis kritzelte auf solche Blätter normalerweise kleine Zeichnungen. Manchmal schrieb er darauf auch kleine Geschichten, die niemand lesen durfte.

Louis vermutete, dass auf den Zetteln vor ihm eine solche Geschichte stand. Eine richtige Geschichte, wie aus einem Buch, das über die Schule erzählte!

Die Schrift zeigte eine normalerweise wohl schöne Handschrift, mit der zu schnell und hektisch geschrieben worden war. Das Ergebnis war nur schwer lesbar…

Eine Erzählung

Iris Wimmer

Da Herr Professor Stahlbrach erkrankt war, vertrat ihn Herr Pfiffinger. Es war das erste Mal, dass er uns unterrichtete, deshalb wusste ich auch nicht, ob ich mich freuen sollte. Vor wenigen Minuten hatte es zur Stunde geläutet und ich beobachtete zahlreiche Schüler, die sich auf die nächste Unterrichtsstunde vorbereiteten.

„Hey, träumst du?“, hörte ich eine Stimme hinter mir. Als ich mich umdrehte, sah ich Tom, der gerade versuchte, Annes Kugelschreiber auseinander zu nehmen.

„Was machst du denn?“, rief ich empört. „Lass' doch Annes Stifte in ihrem Federpennal!“

Frech grinste Tom mich an. „Bist du der neue Wachhund für ihre Sachen? Was hat sie dir denn dafür gezahlt?“, fragte er und lachte. Auch Isabella und Tobias kicherten.

Kopfschüttelnd schaute ich zu Anne. Diese saß in der Ecke und aß ihr Pausenbrot. „Sag doch auch mal etwas dazu! Das kannst du doch nicht zulassen!“ Doch Anne wandte sich ab.

Keuchend stürzte Isabella ins Klassenzimmer. „Herr Pfiffinger kommt!“, rief sie.

Erschrocken sah der Rest meiner Kameraden sie an. „Der?“, fragten sie. Mechanisch stand ich zur Begrüßung des Lehrers auf. Hatte sich etwas abgespielt, während ich krank gewesen war? Ich konnte es ja nicht wissen, da ich die ganze letzte Woche mit Grippe im Bett gelegen war.

Ängstliche Blicke richteten sich auf den Lehrer. Herr Pfiffinger begrüßte uns und forderte uns auf, uns zu setzten. Die ersten zwanzig Minuten passierte nichts Ungewöhnliches, doch dann fing es an, ekelerregend zu stinken.

Isabella, die neben mir saß, flüsterte mir zu: „Riechst du das auch?" Sie rümpfte die Nase. Ich nickte und vergrub meine Nase unter dem Kragen meines Pullovers. Die ganze Klasse schien es zu bemerken – außer Herr Pfiffinger.

„Dürfte ich lüften?", fragte Tobias.

„Nein! Wieso das denn?", fragte er.

Für einen Moment dachte ich, ich hätte mich verhört. Konnte er das etwa nicht riechen!? Es war eine desaströse Mischung aus faulen Eiern und Erbrochenem.

„Herr Pfiffinger!", rief Tom aufgebracht. „Das gibt es doch nicht! Sie müssen das doch merken!"

Doch dieser schaute ihn nur ungerührt an.

Wir alle versuchten nach seiner Aufforderung, den Gestank nach Kräften zu ignorieren. So schwer es uns auch fiel, wir schafften es bis zum Ende der Stunde. Dann liefen wir alle hastig aus dem Klassenraum, öffneten die Fenster und ließen die Tür offen.

„Was ist denn in Herrn Pfiffinger gefahren?", rief Isabella entgeistert. „Das ging eindeutig zu weit!" Wir alle stimmten dem zu.

Tobias schlug vor, den Vorfall dem Direktor zu melden.

„Meinst du?", fragte ich ängstlich. Immerhin wollte ich keine Schwierigkeiten mit ihm kriegen. „Was meinst du, Anne?" Ich versuchte, sie ein bisschen ins Gespräch einzubauen, da sie dies ohne Aufforderung üblicherweise nicht tat. Doch Anne zeigte keinerlei Reaktion.

Tom schaute sie böse an, sie war die einzige meiner Mitschüler, die sich im Unterricht nicht wegen des Geruchs beschwert hatte. „Hast du etwas damit zu tun?“, fragte er.

Fassungslos riss ich meine Augen auf. „Anne? Wieso das denn?“

„Jetzt denk doch mal nach!“, fuhr Tom mich an. „Sie hat die ganze Zeit so getan, als wäre nichts vorgefallen!“

Er hatte leider Recht. „Aber Herr Pfiffinger ebenso“, versuchte ich Anne zu verteidigen.

Tom zuckte die Schultern. „Wie auch immer!“ Schmollend ging er mit seinem besten Freund Tobias davon.

* * *

Enttäuscht starrte Louis auf das leere Ende des Blattes. Die Schrift brach in einem hektischen Gekrakel ab, als hätte die Schreiberin (oder der Schreiber?) ganz plötzlich weg müssen. Irgendwie hätte er gerne gewusst, wie es mit Anne und dem „Ich“ weitergegangen war.

Trotz ihrer anfänglichen Abneigung griff Fae nun zu einem Klassenbuch aus dem Jahr 1968/69. In erster Linie tat sie das, weil es in greifbarer Nähe lag und sie nicht schon wieder bei einem Bücherregal-Kletterstunt von Staub bedeckt werden wollte.

Beim Durchblättern fiel ihr ein Blatt Papier auf, das zwischen den Umschlag und die letzte Seite geklemmt worden war. Ein Lehrer hatte es wohl dort vergessen… man wurde immer wieder überrascht. Wie schlampig diese Leute doch waren!

Es war wohl eine Strafaufgabe, zumindest stand das in roter Tinte dazu geschrieben. „Strafaufgabe, Benjamin W.“

Und darunter die Überschrift:

Karzerbericht

Tilman Riegler

Am 20.5.1969 packte ich meine Sachen zusammen, um in die Schule zu gehen. Aber zuerst aß ich noch ein Butterbrot. Immerhin muss man sich vor einem Feldzug angemessen stärken. Was ich dabei aber nicht bemerkte war, dass in der Zwischenzeit mein Kater Wuschel in meinen Rucksack stieg.

Als ich meinen Rucksack dann zumachte, hatte ich gerade mit meiner Mutter gesprochen, und deshalb auch den zappelnden Inhalt meiner Tasche nicht bemerkt. Ich hörte davor noch ein Miauen, dachte aber, dass Wuschel unter dem Tisch saß und habe ihn unter Zeitdruck deshalb ignoriert. Als ich in der Schule ankam und meinen Rucksack auf den Boden stellte, rumorte es ein bisschen darin, das habe ich aber erst später bemerkt.

In der ersten Stunde hatten wir einen Biologietest. Ich hatte sehr gut geübt und wollte mein Befriedigend im zweiten Trimester unbedingt verbessern. Als Herr Professor Strauss endlich ins Klassenzimmer trat, war ich ein bisschen aufgeregt. Als er dann die Tests austeilte, wurde ich noch nervöser.

Ich öffnete also meine Schultasche, um mein Federpennal herauszuholen. Plötzlich sprang da mein Kater aus der Schultasche und brachte die ganze Klasse zum Lachen. Doch ich lachte nicht, denn Herr Professor Strauss sagte wütend: „Benjamin! Du bekommst ein Nicht Genügend und nach der Stunde gehst du sofort in den Karzer, mit deiner dämlichen Katze!"

Nun sitze ich hier mit Wuschel und er miaut, weil er essen möchte. Das war mein „Kater", ich meine Karzer.

Tilman Riegler

***

Ifeoma Moira Ikea

„Na das klingt ja toll", murmelte Fae sarkastisch und schob den Zettel zurück ins Klassenbuch. Sie konnte sich gar nicht vorstellen, wegen so etwas wirklich Ärger zu bekommen… Ihre Lehrer und Mitschüler hätten vermutlich die Katze gestreichelt und dann einen Weg gefunden, wie trotzdem noch jeder den Test schreiben hätte können. Mann, die Zeiten hatten sich echt geändert.

Nicht, dass Fae eine Katze hätte! Ihre und Svens Mutter war auf die Biester höchst allergisch…

Die Erkenntnis, dass damals – in welcher grauen Vorzeit das Jahr 1968 auch immer anzusiedeln war – Lehrer offenbar um einiges strenger waren, ließ sich allerdings nicht verneinen. Naja, vielleicht war ja früher doch nicht alles besser...

Fae entschloss sich, nach weiteren Beweisen für diese These zu suchen, und fand sie schließlich in Form eines Briefbündels, das anscheinend von einem gewissen Professor Griffner stammte.

Brief an den Direktor

Max Wiltschko

Sehr geehrter Gymnasialpräfekt Franz Pauli!

Ich schreibe Ihnen diesen Brief, um Sie auf das Verhalten meines Schülers Phillip Schwarzenstein hinzuweisen, welcher mit seinem Fehlverhalten, durch das er permanent Aufmerksamkeit zu erregen sucht, seine Mitschüler vom Unterricht abhält. Ihm fehlt es zudem an der geziemenden Ehrerbietung gegenüber seinen Lehrpersonen, und er ist selbst durch mehrmalige Strafen bisher nicht von seinem renitenten Verhalten abzubringen gewesen. Ich habe mir genehmigt, eine Liste seiner bisherigen Untaten beizufügen.

7. 4. 1885: Der besagte Schüler nahm widerrechtlich seinem Mitschüler Johann Kröger die Brotzeit ab.

7. 5. 1885: Der Schüler drehte dem Lehrer den Rücken zu, als dieser etwas erklärte.

8. 6. 1885: Der Schüler fehlte den gesamten Schultag und brachte am nächsten Tag keine elterliche Entschuldigung mit. Die Erklärung, er habe den Namenstag des Erzherzogs feiern müssen, ist ein Blödsinn und rundweg abzulehnen.

9. 6. 1885: Der Schüler zerkratzte absichtlich (!) seinen Kreidegriffel, um nicht am Unterricht teilnehmen zu müssen

etc.

Somit ersuche ich Sie, den Schüler für einen gewissen Zeitraum zu suspendieren, und wenn möglich, von der Schule auszuschließen.

Hochachtungsvoll Studienrat Franz Griffner

* * *

„Schaut einmal!", rief Cassandra plötzlich. Die anderen drehten sich ein bisschen genervt zu ihr um.

„Bitte sag mir nicht, dass es wieder ein Liebesbrief ist!", seufzte Fae. Diese ganze abstruse Situation wurde ihr langsam zu viel.

Cassandra schüttelte den Kopf. Sie hatte durchaus auch andere Interessen, als sich bloß Liebesbriefe durchzulesen. „Es geht um den Verfasser!", meinte sie. „Schaut!" Sie zeigte den anderen das Heft, das sie in der Hand hielt. Über einem Text stand die Überschrift „Die Liebe der Krokodile".

„Also doch schon wieder was mit Liebe!", grinste Magdalena.

Cassandra verzichtete auf einen Kommentar und wiederholte: „Schaut euch an, wer den Text geschrieben hat!"

Louis las vor: „Peter Gartlgruber. Moment, ist das nicht der Professor Gartlgruber? Der mit dem Bart, der Deutsch und Religion unterrichtet?"

Cassandra nickte. „Ich denke schon."

Magdalena sah auf die Heftseite und fragte: „Steht hier irgendwo ein Datum dabei? Ich will wissen, von wann der Text ist."

„Ich habe auch schon nach einem gesucht, aber ich habe keine einzige Jahreszahl in dem Heft gefunden."

Nun brachte sich Sven in das Gespräch ein. „Es ist doch nicht so wichtig, von wann der Text ist, aber was steht drinnen?"

Cassandra hob schon zu einer Zusammenfassung der Geschichte an, als sie es sich anders überlegte und begann, mit dramatischer Stimme vorzulesen.

Die Liebe der Krokodile

Peter Gartlgruber

Novembernacht. Die Kälte grinste mir ins Gesicht. Langsam schritt ich durch den Stadtpark heimwärts, neben mir vier Schulkollegen: Gosch, Krawall und die beiden Sumpfeneder. Man erzählte einander Witze. Langweilige Witze. Dann kam das Gespräch auf die Liebe. Ein ergiebiges Thema. Je mehr Erfahrung, desto ergiebiger. Der Mond hörte zu und schüttelte den Kopf. Dieser arrogante Steinbrocken.

Der Weg teilte sich in Nebenwege. Jeder führte woanders hin, jeder in dieselbe Dunkelheit. Wir blieben unter einer Gaslaterne mit Glühbirnen stehen. Das Wasser des nahen Stadtpark-Brunnens plätscherte, als spielten junge Krokodile darin das beliebte Spiel „Wer fängt die Nixe?". Wir nahmen schon Abschied, da drängte sich uns die Frage auf: „Was ist eigentlich Liebe?" Gosch tat den Mund auf und sprach: „Liebe ist Lust, verbunden mit der Idee einer äußeren Ursache." Krawall verlieh seiner gebildeten Meinung Ausdruck: „Liebe ist Freiheit im Zwange der existenziellen Notwendigkeit." Elcrawoom brachte seine Argumente vor: „Liebe ist hormonelle Ausscheidung der Adrenalindrüse ins Blut unter zeitweisem Wegfall des kontrollierenden Intellekts." Zwieboom schloss diesen Reigen der Weisheit: „Liebe ist das Gefühl, welches ein erstrebenswertes Objekt in den Lebewesen erzeugt und das in der Vereinigung mit demselben, sei es als herrschender oder dienender Teil, seine Erfüllung findet."

„Gute Nacht." „Gute Nacht." „Gute Nacht." „Gute Nacht."

Wir schieden in Liebe voneinander. Der Kälte war das Grinsen vergangen. Der Mond stöhnte. Novembernacht. Gute Nacht.

Raus aus dem Archiv!

Ida Stettner

Cassandra hörte auf zu lesen und legte schnell und wortlos das Heft beiseite. War sie beim Lesen etwa rot geworden?! Sie stand von der Leiter auf, auf der sie gesessen hatte, und überlegte, welchen der zahlreichen Jahresberichte sie sich als nächstes durchschauen sollte. Die anderen richteten ihre Aufmerksamkeit ebenfalls wieder auf die Schriften, die sie davor gelesen hatten. Es herrschte Stille im Archiv, die nur von Papiergeraschel und leisem Gemurmel unterbrochen wurde.

Nach einiger Zeit störte jedoch Magdalena diese Stille. „Hat eigentlich jemand von euch etwas zu essen dabei?“

Die anderen sahen sie an. Die Zeit schien in diesem staubigen Archiv irgendwie anders zu vergehen als gewöhnlich. Cassandra sagte in einem entschuldigenden Ton: „Ich hatte heute keine Jause mit und hatte noch keine Möglichkeit, mir etwas vom Buffet zu kaufen...“

Fae murmelte, als schäme sie sich dafür: „Ich habe mein Butterbrot vorhin schon gegessen.“

Sven seufzte und fügte hinzu: „Meines hat sie bei dieser Gelegenheit auch verspeist!“

Louis erklärte: „Ich habe meine Jause schon in der ersten Pause verputzt.“

Magdalena lächelte. „Es passt schon. Es ist nur so, dass mir ab und zu ganz schwindelig vor Hunger ist.“

Die anderen erstarrten und blickten sie an. „Genau dasselbe Gefühl habe ich auch!“, meinte Louis und der Rest nickte bestätigend.

Auch ihnen war während ihres Aufenthaltes im Archiv immer wieder so merkwürdig schwindelig geworden.

„Das heißt wohl", erhob Fae nun die Stimme, „dass wir alle dringend etwas essen müssen!"

Sven sah seine kleine Schwester an und bemühte sich, zu lächeln, während er meinte: „Ja. Das einzige Problem ist, dass es hier im Archiv wohl keinen geheimen Vorrat an Müsliriegeln gibt!"

Die Schüler seufzten und überlegten, was sie jetzt tun sollten. „Ich mag nicht mehr lesen. Ich mag jetzt etwas essen!", verkündete Louis schließlich in die magere Stille hinein.

„Ach, sei doch still! Du kannst jetzt nichts essen!", fuhr ihn Cassandra unwirsch an.

„Mir ist aber schwindelig!", quengelte er.

„Uns geht es allen mies! Also sei still, du machst nichts besser, wenn du nervst!", sagte Magdalena scharf.

Sven wollte nicht, dass die schlechte Stimmung an Louis ausgelassen wurde und meinte beschwichtigend: „Machen wir kurz eine Pause von dem ganzen Lesen. Das bringt doch sowieso nichts. Wir könnten doch stattdessen einmal... hier aufräumen!"

Tatsächlich war das Archiv nicht gerade ordentlicher geworden, seit die Schüler sich darin aufhielten. Es würde zwar Wochen dauern, um die Regale wirklich umzustrukturieren, sodass alles einen halbwegs sinnvollen Platz hatte und man nach nichts allzu lange suchen musste - aber zumindest den Bücherhaufen, der zuvor auf Fae herabgeregnet war, sowie die vielen Mappen und Zettel, welche sie aus den Regalen genommen hatten, ohne sie wieder zurückzulegen, konnte man ja wegräumen. Außerdem kam man dabei wirklich auf andere Gedanken.

Nach kurzer Zeit begann sogar Louis vergnügt zu pfeifen, während er Blätter in die erstbeste Mappe einsortierte, derer er habhaft werden konnte, obwohl er sich sehr bemüht hatte, seine schlechte Laune beizubehalten. Sein schlichtes Glück wurde allerdings sofort getrübt, als Fae lachend rief: „Louis, du hörst dich an wie eine unmusikalische Trillerpfeife. Hör auf!“ Trotzdem schaffte er es nicht, in seine schlechte Hunger-Stimmung zurückzukehren.

Als Magdalena in einer Kiste mit Plakaten Ordnung zu schaffen versuchte, entdeckte sie etwas. Sie gab einen überraschten Laut von sich: „Schaut euch einmal das an!“ Aufgeregt zeigte sie den anderen einen Schlüsselbund mit sieben Schlüsseln und einem großen, flauschigen, neongelben Schlüsselanhänger. „Könnte es sein, dass da ein Schlüssel für die Klassentüren dabei ist?“

Sven sah sich den Schlüsselbund genau an. „Das ist gut möglich“, meinte er schließlich mit Kennermiene.

Eine aufgeregte Stimmung erfasste das Archiv. Alle starrten auf die Schlüssel und überlegten sich, was sie jetzt alles machen könnten. Louis fantasierte von all den Zimmern, die eigentlich nur von Lehrern betreten werden durften, und die er nun erforschen könnte. Sven wollte gerne in seine Klasse zurück, um seine Jacke zu holen. Sowohl die Holzsessel als auch die Leiterstufen als auch der Boden waren ziemlich unbequem und es hätte sehr geholfen, hätte er wenigstens seine Jacke unterlegen können. Fae träumte von dem Chemie- und dem Physiksaal, in denen sie unbeobachtet all die Experimente ausprobieren könnte, die ihr immer so gut gefallen hatten.

Cassandra hatte sich immer schon einmal im Keller umschauen wollen. Er war neben dem Archiv - das sie inzwischen besser kannte, als sie je zu träumen gewagt hätte - immer schon einer der Orte in der Schule gewesen, die sie unbedingt einmal genau erforschen wollte. Zwar war sie natürlich immer wieder einmal während des Unterrichts im Keller gewesen, aber nie hatte sie genug Zeit gehabt, um sich wirklich umzuschauen. Außerdem - und hier kam der Schlüssel ins Spiel - waren mehrere Räume des Kellers abgesperrt.

Magdalena hatte völlig andere Gedanken im Kopf. Wenn die Schule wegen eines Krokodils evakuiert worden war, hatte man sicher die Ausgänge verschlossen, damit das Krokodil nicht hinauskam. Ein Krokodil in der Innenstadt wäre sicherlich noch um einiges unangenehmer gewesen, als bloß ein Krokodil sicher eingeschlossen in einer Schule... Die verschlossenen Türen waren auch der Grund gewesen, weshalb sie noch keinen Ausbruch gewagt hatte - neben dem Krokodil natürlich. Denn selbst, wenn sie unentdeckt zum Ausgang gekommen wäre - wenn das Tor dann verschlossen gewesen wäre, hätte sie sich nur umsonst der Gefahr ausgesetzt, gefressen zu werden. Mit dem Schlüssel könnte man aber sicher den Eingang aufsperren. Und selbst, wenn nicht – auf dem gefährlichen Weg konnte man jederzeit eine Klasse aufsperren, hineinschlüpfen und sie hinter sich zusperren.

Magdalena erläuterte den anderen ihre Überlegungen. Der Gedanke an eine Flucht war ihnen auch schon gekommen. Sie hielten es schon für eine beschlossene Sache und erwarteten fast, dass jemand die Tür aufmachte und rief: „Los geht's!“, als Sven ausrief: „Halt! Was ist, wenn das einfach irgendwelche Schlüssel sind? Es kann ja auch ein Schlüsselbund von einem Schüler sein. Und wenn er von einem Lehrer ist: Vielleicht liegt er ja schon seit Urzeiten hier, und inzwischen wurden die Schlösser ausgetauscht! Ihr habt ja selbst gesehen, was hier für alter Schrott herumliegt! Und außerdem,“ fügte er noch hinzu, „werden wir sicher einige Zeit brauchen, um den passenden Schlüssel zu finden.“ Jetzt kamen alle wieder auf den Boden der Tatsachen zurück. Was Sven gesagt hatte, machte durchaus Sinn.

„Du hast doch selbst gesagt, dass es Schlüssel für die Klassentüren sein müssen. Und außerdem sind es nur sieben," gab Fae patzig zurück.

„Ich hab nur gesagt, dass es gut möglich ist!"

Vorsichtig schlug Cassandra vor: „Probieren wir die Schlüssel doch erst einmal aus. Wir könnten ja erst einmal einen ganz kurzen Ausflug zur nächsten Klassentür machen - das wäre die direkt über uns, im zweiten Stock - und die Schlüssel testen." Sie blickte in die Runde und fast alle nickten zustimmend.

Nur Fae reagierte nicht. Sie war bleich und hielt sich an dem Sessel hinter ihr fest. Als Sven das bemerkte fragte er erschrocken: „Fae! Was hast du? Ist alles in Ordnung?"

Fae nickte und flüsterte: „Alles ist okay." Als sie an den Blicken der anderen sah, dass niemand ihr glaubte, ergänzte sie: „Mir ist nur schon wieder schwindelig. Es wird wirklich Zeit, dass ich raus und etwas zwischen die Zähne bekomme!"

Sven bestand darauf, dass sie sich hinsetzte und beobachtete sie weiterhin besorgt, während Louis sich nun aufgeregt zu Wort meldete: „Mir ist auch gerade etwas eingefallen! Wisst ihr, ich habe mir durch den Kopf gehen lassen, wie wir hier rauskommen, und... Naja, wenn wir aus der Schule kommen... Denkt ihr nicht, dass sich alle um uns scharen werden und uns fragen werden, wie es kommt, dass wir in der Schule waren? Und glaubt ihr nicht, dass es eine lange Zeit dauern wird, bis wir fertig erzählt haben und sagen können, dass wir Hunger haben? Und dann dauert es sicher noch einige Zeit, bis jemand etwas zu essen beschafft hat!"

Die anderen dachten diesen völlig neuen Aspekt durch und mussten zugeben, dass er logisch klang. Angesichts der Lage war es durchaus möglich, dass man erst Erklärungen forderte.

Louis ereiferte sich weiter: „Wisst ihr, ich glaube, Fae braucht wirklich dringend etwas zu essen“, er verschwieg seinen Gedanken, dass er seiner Meinung nach selbst noch viel dringender etwas zu essen brauchte.„Und sie kann nicht warten, bis wir alle unsere Geschichten erzählt haben.“

Sven nickte zustimmend und Fae, deren Schwindelgefühl langsam wieder besser wurde, war sehr gerührt, wie besorgt der Kleine um sie war.

„Ich habe mir gedacht, wenn wir… Nun ja… Wenn wir im zweiten Stock sind und geprüft haben, ob der Schlüssel passt… Könnten wir dann nicht vielleicht zum Buffet gehen und schauen, was es da so an Essbarem gibt?“

Cassandra blickte Louis interessiert an. „Kann es sein, dass du schon immer mal den geheimen Wunsch gehegt hast, allein in der Schule zu sein, um ins Buffet einbrechen zu können?“ Ertappt sah Louis die Wand an, die anscheinend plötzlich sehr interessant geworden war.

Sven war mit der Idee einverstanden - er machte sich immer noch Sorgen um Fae, denn so schlecht wie vorhin hatte sie noch nie ausgeschaut. Außerdem war er der Älteste hier und musste dafür sorgen, dass sie alle dieses Abenteuer unbeschadet überstanden!

Fae selbst ging es inzwischen wieder so gut wie immer, und sie begeisterte der Plan vor allem deshalb, weil sie sich länger in der Schule aufhalten würden, während ein Krokodil in der Nähe war. Das nannte sie ein Abenteuer! In diesem Archiv zu sitzen hatte sie ohnehin kaum mehr ausgehalten.

Magdalena stand der ganzen Sache eher kritisch gegenüber. Ihr war zwischendurch auch schwindelig geworden, aber sie konnte sich nicht vorstellen, dass die Erwachsenen ihnen erst dann Essen geben würden, wenn sie ihre Geschichten fertig erzählt hätten. Da gab es doch sicherlich irgendein Gesetz dagegen. Vor allem, wenn Louis wieder so herzzerreißend schluchzend rief, dass er Hunger hatte. Allerdings war es auch sicher nicht schlecht, sich trotzdem schon einmal vorsorglich Essen zu beschaffen - man konnte in unvorhergesehenen Situationen nie sicher genug sein... (Später erkannte Magdalena, dass es reine Ironie war, dass sie dies ausgerechnet zu dem Zeitpunkt gedacht hatte, als sie selbst beschlossen hatte, länger als unbedingt notwendig in einem Gebäude zu bleiben, in dem sich gerade ein Krokodil aufhielt...) Außerdem wirkten Fae, Louis und Sven so überzeugt von der Idee, dass sie sich Sorgen machte, am Schluss allein zum Schuleingang gehen zu müssen. Sie beschloss also, sich dem Gruppenzwang zu beugen und stimmte dem Plan zu.

Cassandra war auch einverstanden mit dem Plan, denn sie spürte auf einmal, wie ihr ein auch bisschen schwindelig wurde. Sie brauchte unbedingt etwas im Magen und so sagte sie: „Gehen wir los! …Schnell, wenn möglich!“

Magdalena blickte fragend in die Runde und wortlos wurde sie als Anführerin für diesen Plan ausgewählt. Sie hatte den Schlüsselbund gefunden und niemand sonst wollte die Initiative ergreifen – auch Sven nicht, der lieber von der zweiten Reihe aus den Überblick behielt, und ohnehin nicht an diesen ganzen Krokodils-Blödsinn glaubte.

Fae flüsterte Louis noch zu, er solle seinen Mund halten, egal was passieren würde, dann öffnete Magdalena die Tür. Vorsichtig schlichen die fünf Schüler auf den Gang. Niemand von ihnen war in der Schule je so leise geschlichen wie jetzt. Sie machten kein Geräusch, um das Krokodil nicht einmal auf die Idee zu bringen, dass es angelockt werden könnte. Immer wieder sahen sie sich nervös um, während sie die Hintertreppe hinaufschlichen.

Sven war nicht ganz so nervös wie die anderen. Er wollte eigentlich so schnell wie möglich zum Buffet gehen, etwas essen und dann nur noch die Schule verlassen. Inzwischen glaubte er nicht mehr wirklich daran, dass irgendwo ein Krokodil herumschlich. Das war einfach ein zu irrwitziger Gedanke. Natürlich existierte die Möglichkeit und es war auch ziemlich rätselhaft, dass die Schule so vollkommen leer war, aber die Leute um ihn herum waren immerhin noch halbe (beziehungsweise ganze) Kinder und hatten eine allzu lebhafte Fantasie. Außerdem konnte es gut sein, dass sie ihn nur an der Nase herumführten - zumindest Fae traute er das vorbehaltlos zu.

Die Schüler hatten die Klassentür neben der Hintertreppe erreicht und Magdalena begann, die einzelnen Schlüssel der Reihe nach auszuprobieren. Das Scheppern und Klirren klang viel zu laut, und nervös stellten sie sich um Magdalena auf und blickten sich um. Der dritte Schlüssel konnte zwar ins Schlüsselloch gesteckt, aber nicht umgedreht werden. Der vorletzte, sechste Schlüssel passte endlich.

Magdalena öffnete die Tür zum Klassenraum. Er war gespenstisch still. Die Schultaschen der Achtklässler, die hier Unterricht gehabt hatten, lagen noch herum, auf den Tischen waren einige Federpennale verstreut und hinten auf der Garderobe hingen noch einige Jacken. Das Licht war ausgeschaltet und draußen war es wegen der Wolken auch nicht besonders hell.

Louis flüsterte beunruhigt: „Das ist gruselig. Mach die Tür zu!“

Während Fae Louis zornig ansah und Dinge wie: „Ich habe dir doch gesagt, du sollst still sein,“ zischte, verließen sie den Klassenraum wieder. Magdalena schloss die Tür, allerdings sperrte sie nicht ab, denn es konnte nie schaden, einen sicheren Zufluchtsort in der Nähe zu haben.

Jetzt bewegte sich die Gruppe genau so leise wie davor auf das Buffet zu. Als sie angekommen waren, ohne von irgendeinem Krokodil entdeckt zu werden, jubelten sie innerlich. Sie liefen zu der Ecke, die fast wie eine Kabine aussah, und begannen, so still wie möglich, nach einer Möglichkeit zu suchen, an das Essen zu kommen. Sven sah den jüngeren Schülern aus einiger Entfernung zu und beschloss, dass sie für einen Moment wohl auch ohne ihn zurechtkamen…

***

Helene Lanschützer

Während meine Schwester und die anderen, nachdem sie die Tür zum Schulbuffet mit sanfter Gewalt aufgebrochen hatten, eine wahre Fressorgie veranstalteten, streifte ich durch die leeren Gänge der Schule, studierte die an der Wand hängenden Bilder, als hätte ich sie noch nie in meinem Leben gesehen und vertrieb mir die Zeit damit, einmal ernsthaft zu überlegen, wo sich denn die Lehrer und Schüler befinden könnten.

Die Theorie, dass sie von Aliens entführt worden waren und jetzt irgendwo in der Milchstraße herumhüpften, schien mir dann doch etwas unglaubwürdig, aber sicher konnte man sich nie sein. Im Geheimen suchte ich auch nach dem „Krokodil“ von Fae. Ich hätte es natürlich nicht zugegeben, zu achtzig Prozent war es wahrscheinlich doch eine von ihren Lügengeschichten, doch da blieben noch die restlichen, einsamen zwanzig Prozent und Faes Schwur, dass sie dieses Krokodil bestimmt gesehen hatte. - Und die Tatsache, dass die ganze Schule leer war und noch weitere drei Schüler hier saßen und merkwürdige Dinge erzählten.

Fae log eigentlich selten. Aber vielleicht log sie doch, und zwar so gekonnt, dass ich es nicht bemerkte...

Nachdenklich machte ich ein Fenster auf. Draußen sah man nichts außer Wolken und schlechtem Wetter. Ich machte es wieder zu, weil es zu kalt war. Ich fuhr mit meinem Zeigefinger über die Fensterbank und wunderte mich, dass sie so staubig war. Ich musste vom vielen Staub auf der Fensterbank niesen.

Jemand hinter mir sagte höflich: „Gessssundheit."

Ich drehte mich um und sah in die dunklen Augen eines Tieres. Das Tier sah einem Krokodil unheimlich ähnlich. Mein Blick schweifte zu einem schuppigen Schwanz und weiter zu einem riesigen Maul mit zu vielen, zu spitzen Zähnen. Meine Vermutung bestätigte sich. Vor mir stand ein Krokodil. Ein echtes Krokodil. Jetzt durfte ich bloß nicht in Panik geraten.

Ich lehnte mich lässig an die Wand, zuckte mit den Schultern und sagte das Erstbeste, was mir einfiel: „Nur eine Stauballergie. Nichts Besonderes. Habe ich immer."

„Aha", zischelte das Krokodil.

Mir fuhr ein Schauer über den Rücken, als ich die weiß-gelblichen Zähne des Krokodils in all ihrer Pracht erblickte. Ich war mir nicht ganz sicher, ob das gerade tatsächlich passierte oder ich in Wirklichkeit aus Versehen aus dem Fenster gefallen war und mich nun im Delirium mit diesem Krokodil unterhielt, während Ärzte in der Notaufnahme um mein Leben kämpften. Jetzt bloß nicht in Panik geraten. „Und sonst? Alles gut bei dir…äh Ihnen?" Ich wusste manches, aber nicht, ob man ein Krokodil siezt oder duzt.

„Ja... Nein, eigentlich nicht", zischelte es leise. „Ich brauche deine Hilfe. Alsssso die Hilfe von dir und den kleineren Menschen, die sich gerade beim Schulbuffet wie die Hyänen über das Esssssen hermachen."

„Klar doch. Du kannst auf meine Hilfe zählen. Ich helfe immer gerne. Jeden Tag. Jede Stunde. Jede Minute. Anderen zu helfen ist mein Hobby, mein Leben, meine Existenz“, hörte ich mich zu meinem Erschrecken sagen. Ich musste mich gerade in einem ganz fürchterlichen Delirium befinden.

„Also lossss,“ sagte das Krokodil.

„Äh, was machen wir denn jetzt?“, fragte ich.

„Mir helfen“, sagte es schlicht und es setzte sich in Bewegung. Ich folgte dem Krokodil mit schlotternden Knien.

Die Geschichte des Krokodils

Ifeoma Moira Ikea

Das Krokodil sah die Schüler mit müden Augen an. Es hatte die letzten Stunden damit verbracht, einen Menschen zu suchen, der ihm helfen könne, und geriet nun an einen Haufen Kinder! „Alssso gut…" sagte es, durch sein Zischeln nur schwer zu verstehen. Aber seine Zunge war ja auch nicht für menschliche Laute gemacht.

Gerade als es sein Anliegen loswerden wollte - ein wenig widerwillig, denn solch unreifen Personen konnte man ja nicht viel zumuten - wurde es vom kleinsten der Menschen unterbrochen: „Entschuldige die Frage, aber warum lebst du… und kannst sprechen?", fragte der blonde Junge.

Die Augen des Krokodils leuchteten auf. Wenn es etwas liebte, dann war es Geschichten zu erzählen. Egal ob es dies selbst tat, oder jemand anderes es übernahm. „Dazu muss ich etwas ausholen", begann es gewichtig und reckte seinen grünen Reptilienhals, da es unglaublich stolz auf seine Lebensgeschichte war.

„Alsssso gut. Ich taufe diese Geschichte: **Ein Krokodil und das Geheimnis seiner Unsterblichkeit**", begann es feierlich. Mit einem blitzenden Blick in die Runde vergewisserte es sich, dass alle Aufmerksamkeit auf seine Worte konzentriert war – immerhin hatte es nicht oft die Gelegenheit, eine so wichtige Geschichte zu erzählen. „Als ich noch sehr jung war, lebte ich nicht in Österreich. Wie denn auch? In dieser kalten Suppe namens Mur kann ja keiner existieren. Nein, ich habe im Sudan gelebt, ich pflegte im Nil zu schwimmen! Der Nil ist ein wundervolles Gewässer, überall Fische und manchmal ein paar leckere Menschen…", begann es zu schwärmen und beim Gedanken an die knackenden Knochen eines Vierjährigen, der aus einem Safariboot gefallen war, machte sich ein warmes Gefühl in seinem Bauch breit. Natürlich plante es nicht, die Schüler zu verspeisen… sein Magen war beim Präparieren ja leider entfernt worden.

„Dort traf ich eines Tages einen Magier. Ja, die gibt es!“, unterbrach es sich diesmal, auf einige skeptische Blicke hin, selbst. „Er wollte irgendein besonderes Kraut am Ufer sammeln, und als ich ihn ins Bein biss, wurde er so wütend, dass er mich verflucht hat. Dabei war an seiner knochigen Wade ohnehin nicht viel dran. Er machte mich zur Strafe zu seinem Haussklaven. Mich, ein stolzes Sudanesisches Nilkrokodil! Aber es ging mir eigentlich sehr gut bei ihm...“ Der Gesichtsausdruck des Krokodils wurde so weich wie es mit einem Kopf voller Schuppen und harter Haut nur möglich war, als es von der Zeit mit seinem magischen Herrn erzählte.

„Nach einigen Wochen nahm er den Sklaven-Fluch von mir, aber ich blieb freiwillig bei ihm und half mit allem Möglichen. Ich habe für ihn das Haus bewacht und manchmal Fische gefangen. Es war eine wunderschöne Zeit, in der ich Dinge gesehen habe... Aber es würde nun zu lange dauern, von allem zu berichten. Nach einem Jahr Dienst schenkte er mir die Unsterblichkeit, indem er Teile meiner Seele in meine Haut übertrug, da die nicht so anfällig für Verwesung ist wie der Rest. Eine übliche Methode im Sudan.“

„Aber dann,“ - der Ton des Krokodils wurde plötzlich wütend und die Schüler bekamen beinahe Angst, doch noch gefressen zu werden - „hat mich irgend so ein aufgeblasener Tourist erschossen, Herberstein oder so hieß der. Aber ich habe ihm einen Kampf geliefert, das kann ich euch sagen!“ Seine Stimme wurde lauter und man hatte beinahe das Gefühl - vor Ort zu sein:

In der linken Ecke sehen wir den Grafen Johann Joseph, Graf von Herberstein und Proskau mit seiner sechsköpfigen Armee von Gockeln und Ebern. In der rechten Ecke sehen wir das unglaubliche, das fantastische... nein fantastischste und großmächtigste Krokodil im ganzen Sudan!

Plötzlich schießt einer der Soldaten auf das Krokodil, unerhört, Gewehre bei einem Kampf von Mann zu Mann einzusetzen! Feigling! Aber er verfehlt es und wird von ihm ins Dickicht gelockt. Das Krokodil greift ihn dort aus dem Hinterhalt an und beißt in seine Wade ...wirklich lecker muss man sagen, aber es hat keine Zeit zu genießen, denn der Graf und seine Anhänger nähern sich bereits, also ergreift es heldenhaft die Flucht.

Einer von diesen feigen, schießwütigen Touristen ist dumm genug, dem majestätischen Reptil zu folgen, wird sogleich von den Beinen gefegt und das Krokodil entschwindet elegant im hohen Gras. Es hat den Kampf fair und gerecht gewonnen. Das kann niemand bestreiten. Aber der hinterhältige Graf kann diese Niederlage nicht akzeptieren und erschießt es aus dem Hinterhalt.

Alles wird dunkel um das Krokodil, und als es erwacht, liegt es an einem unglaublich kalten Ort - der sich später als Österreich herausstellt. Seine Organe sind verschwunden, die Augen gegen kaltes Glas getauscht. Oh, aber das Krokodil lebt, denn seine Seele ist noch nicht ins Jenseits übergetreten. Der Zauber des sudanesischen Magiers wirkte, die Kraft des Herrschers des Nils war nicht entschwunden. Und das wird das Krokodil den Grafen mit aller Intensität spüren lassen, bis er es in dieses „Akademische Gymnasium" schickt...

Den Schülern kam die Geschichte dank des Briefs des Grafen, den sie im Archiv gelesen hatten, bereits bekannt vor. Aber es war interessant, das ganze durch die Augen des Krokodils mitzuerleben. Bisher waren ihnen die ausgestopften Tiere, die hier und da angestaubt im Biologiesaal oder Bio-Kabinett herumstanden, allenfalls cool oder widerlich vorgekommen. Nun aber bekamen sie das unheimliche Gefühl, dass hinter jedem dieser Exponate eine solche Geschichte stecken könnte. Das Krokodil ließ ihnen jedoch keine Zeit für Fragen und fuhr fort zu erzählen, dass die Zuhörer meinten, die Ereignisse selbst mitzuerleben:

Dieses Akademische Gymnasium war allerdings nicht einmal halb so schlimm wie das mächtige Krokodil befürchtet hatte. Eigentlich war das Akademische - diese Schule hier, *falls euch das nicht klar sein sollte - ein sehr schöner Ort. Überall waren Kinder und Erwachsene. Vor allem die Kinder waren eine wahre Freude, wenn sie das Krokodil bewunderten, das da an der Wand hing.*

Egal, ob sie es schon seit Jahren kannten oder zum ersten Mal erblickten, die Begeisterung der Schüler für das ausgestopfte Wesen, das sie aus gläsernen Augen anstarrte, ließ nicht nach.

Und die Atmosphäre… die Seele der Schule war etwas ganz Besonderes. Nach so vielen Jahren voller Lernen und Leben hatte sie sich zu etwas unglaublich Mächtigem entwickelt…

Die verwirrten Blicke der Schüler ließen das Reptil innehalten. „Versteht ihr etwas nicht?“, fragte es und eines der Mädchen hob, wohl aus Reflex, die Hand.

„Ja, was genau ist mit der *Seele* der Schule gemeint? Ist das nicht eigentlich etwas, was eher mit toten Menschen zu tun hat?“ Magdalena sah die anderen mit gerunzelter Stirn an.

Die Mimik von Menschen fand das Krokodil schon immer sehr amüsant, man konnte ganze Unterhaltungen daraus ablesen, da war es sich sicher. „So einfach ist das nicht. Alles, was existiert, hat auf die eine oder andere Art eine Seele. Die Seele ist eine Art verdichtete Lebensenergie. Sie wird klarer und stärker, je länger es jemanden oder etwas gibt", begann es umständlich zu erklären. „Die Seele einer Schule ist da nicht anders, aber im Gegensatz zu den *Seelen*, die Lebewesen haben, besteht sie aus der sogenannten *Schulatmosphäre*. Euch ist doch sicher schon einmal die Tatsache aufgefallen, dass man hier einfach anders lernt als zuhause, oder der Geruch, den Schulen so an sich haben, dass man sofort weiß, dass dieses Gebäude eine Schule sein muss. Solche Dinge kommen daher, dass die Seele das ganze Gebäude durchdringt", erläuterte das Krokodil und erinnerte sich plötzlich wieder daran, warum es die Schüler überhaupt aufgesucht hatte.

„Das heißt, nicht das Gebäude macht die Schule zur Schule, sondern die Seele, die Atmosphäre, die darin herrscht?", fragte Magdalena nach.

„Klarerweise", erwiderte das Krokodil, ehe es fortfuhr: „Nach vierhundertvierundvierzig Jahren ist diese Schulseele natürlich besonders kraftvoll. Sie hat sogar einen freien Willen entwickelt… was die Sache nicht einfacher macht...", beendete das Reptil seine Erklärung. „Aber lasst mich fertig erzählen", fügte es hinzu, um schnell zum Ende seiner persönlichen Geschichte zu kommen.

Einige Zeit nachdem das Krokodil im Gymnasium angekommen war, bemerkte es etwas Seltsames. Es gab Mäuse in der Schule! An einem so sauberen Ort, an dem nie auch nur ein Mauseloch zu finden war, gab es Mäuse… oder besser gesagt, es gab eine *Maus.*

Und diese Maus sprach es eines Tages doch tatsächlich an. Sie erzählte dem Krokodil, dass ihr Name Fredi XX. (der Zwanzigste) war - und sie hatte noch einiges mehr zu erzählen: Fredis Familie beschützte das Akademische Gymnasium seit Jahren vor etwaigen Gefahren, die Menschen nicht bemerkten. Aber... die Maus schien die Schule leid zu sein, etwas, was das Krokodil beim besten Willen nicht verstehen konnte.

Den Grund dafür erfuhr es jedoch bald.

Die Schulseele machte Fredi das Leben schwer. Früher befand sich das Akademische Gymnasium ja in einem anderen Gebäude. Als die Seele nun bemerkte, dass die Schule in ein Haus am Tummelplatz übersiedelt war, wurde sie furchtbar ärgerlich und begann zu revoltieren.

Ihr müsst wissen, so wundervoll und besonders die Seele des Akademischen Gymnasiums ist, so gefährlich ist sie auch. Im Jahre 1906, beim 333. Jubiläum, geschah zum ersten Mal etwas wirklich Schlimmes. An solchen Jubiläen scheint die Schulseele nämlich sogar noch stärker zu sein. Sie hat damals versucht, ihren Standort zu verlassen und in den Taubenkobel zurückzukehren – dorthin, wo sich das Gymnasium früher befunden hatte. Dabei war es zu einem erhöhten Energiefluss gekommen, wodurch mehrere, scheinbar unerklärliche Unfälle passierten. Ein Schüler fiel sogar die Treppe hinunter und brach sich ein Bein.

Das Krokodil war schockiert. Und es war noch schockierter, als Fredi erklärte, dass die Schulseele zwar beim 333. Jubiläum noch nicht stark genug gewesen wäre, um das Gebäude zu verlassen, aber dass sie das in einhundertelf Jahren sicher schaffen würde. Fredi war es zu anstrengend, sie aufzuhalten, und er kündigte darum an, seine Berufung als Schulhüter aufzugeben und stattdessen die Welt zu sehen. So fasste das Krokodil einen Entschluss: Von nun an würde es selbst die Schüler vor dieser unverantwortlichen Schulseele schützen. Ein großes Nilkrokodil war ohnehin ein besserer Wachhund als eine motivationslose Maus!

Mit dieser Erkenntnis beendete das Krokodil seine Erzählung und die Schüler sahen einander fragend und völlig verwirrt an. Diese Geschichte übertraf so ziemlich alles, was sie sich in den letzten Stunden selbst mit ihrer wildesten Phantasie hätten ausdenken können. Ein ausgestopftes Krokodil, das von einem afrikanischen Zauberer die Unsterblichkeit erhalten hatte und nun die Schulseele bewachte, die lieber an einer anderen Adresse hausen wollte?! Andererseits hatten die Schüler auch keine bessere Erklärung für alles, was bisher geschehen war.

„Und was bedeutet das jetzt für uns?“, fragte Fae.

„Die Schule will heute wieder versuchen in den Taubenkobel zurückzukehren, um das 444. Jubiläum dort zu verbringen. Deswegen bewegt sich ihre Seele aus dem Gebäude weg, aber das ist schlecht, denn wenn sich eine so große Seele bewegt, ist das wie der Sog eines mittelgroßen Schwarzen Lochs, sie zieht andere Seelen mit. Und sollte sie sich weit genug von diesem Ort entfernen, verlassen eure Seelen ihre Körper ebenfalls... und ihr sterbt.“

Mit offenem Mund starrten die Kinder das Krokodil an. Mit so etwas hatten sie nicht gerechnet. Vielleicht mit dem Verlust der Lernatmosphäre, einer plötzlichen Häufung von verpatzen Schularbeiten – aber sonst?

„Können wir das denn nicht irgendwie verhindern?,“ fragte Louis zaghaft und sah sich um, als könne man die Seele bereits entschwinden sehen.

„Oder warten wir jetzt auf unseren Tod? Die Eingangstüren sind nämlich alle verschlossen,“ setzte Sven hinzu. Den Schlüsselbund hatte er in diesem Moment völlig vergessen, allerdings war es auch gar nicht sicher, ob angesichts all dieser unglaublichen Ereignisse die Schule sich dazu herabließ, ihre Türen irgendeiner Schlüsselgewalt zu beugen.

Das Krokodil wiegte seinen großen Kopf hin und her. „Ihr müsst die Schulseele überzeugen, dass dieser Ort passend für sie ist,“ sagte es schließlich. „Aber dassss ist nicht so einfach, diese alte Seele hört einen nämlich nur, wenn man bestimmte Sprachrohre benutzt. Wenn ich einfach nur mit der Wand reden müsste, hätte ich es schon selbst gemacht. Ich brauche euch, damit ihr so ein Sprachrohr sucht." Das Krokodil dachte an die verschiedenen Lehrer zurück, die es bereits um Hilfe zu bitten wollte. Einmal die junge Professorin an diesem Morgen, und da war noch der Chemielehrer in den 1970ern... Beide waren panisch davongerannt oder hatten sich eingeschlossen. Vielleicht hätte es sich gleich an Schüler wenden sollen, sie schienen in dieser Hinsicht um einiges kompetenter zu sein.

„Und wo finden wir diese Sprachrohre?," fragte Louis nun. Im Gegensatz zu den anderen hatte er sich mittlerweile beruhigt und wollte die Angelegenheit in die Hand nehmen.

„Ich weiß es nicht," antwortete das Krokodil. „Das ist ja da Problem. Aber ich weiß, wonach ihr suchen müsst. Wenigstens etwas Sinnvolles hat mir Fredi noch mitgegeben, bevor er auf seine Weltreise verschwunden ist. Diese Sprachrohre haben alle etwas gemeinsam. Zum einen bekommt man bei Berührung einen Ohrwurm… einfach irgendein Lied, das einem nicht mehr aus dem Kopf will. Zweitens schimmern sie im Licht, leuchten aber nicht im Dunkeln. Und drittens haben sie einen schweren, süßlichen Geruch, ein bisschen wie Parfum."

Die Schüler sahen sich ratlos an, als Cassandras Miene sich plötzlich erhellte und sie mit den Fingern schnippte. „So etwas ähnliches kam in einem der Texte im Archiv vor!," rief sie aufgeregt. „Wenn ich mich nur erinnern könnte…"

„Wie wäre es, wenn wir dort nachforschen? Für so etwas sollte ein Archiv doch da sein! Ich bin sicher in irgendeinem Text finden wir den Standort von so einem Sprachrohr", warf Magdalena ein.

Das Krokodil nickte, und auch die anderen Schüler stimmten zu. Keiner hatte eine bessere Idee und zu sterben war auch keine bevorzugte Option. Zu sechst machten sie sich auf den Weg zurück zum Archiv.

Tierfänger in der Schule

Ida Stettner

Karl und Philipp hatten bereits das gesamte Erdgeschoss und den gesamten ersten Stock durchsucht. Sie waren nun eine Etage höher und Karl wurde ziemlich nervös, als er daran dachte, dass er bald einem waschechten Krokodil gegenüberstehen würde. Vor drei Stunden hätte der junge Mann nie gedacht, dass er jemals einen solchen Auftrag erledigen könnte. Als professioneller Tierfänger hat man es eher mit entlaufenen Haustierchen, vielleicht einmal einer Schlange oder einem entflogenen Kanarienvogel zu tun. Einmal mussten sie ein Reh, das sich verlaufen hatte aus einem Garten schaffen, und einmal konnte jemand sein zahmes Hängebauchschwein nicht mehr finden. Aber ein Krokodil?!

Karl und sein Kollege hatten heute früh nach einem wilden, womöglich tollwütigen Hund Ausschau gehalten, der in der Nähe von Graz sein Unwesen trieb. Als sie ihn schon entdeckt hatten, klingelte plötzlich Philipps Telefon. Er hörte zu, nickte, fragte: „Und es ist im Moment für niemanden unmittelbar gefährlich?", nickte wieder, meinte: „Wir kommen, nachdem wir unseren Auftrag erledigt haben!", und legte auf. Dann sah er Karl an und sagte: „Karl, sobald wir diesen Hund gefangen haben, müssen wir noch einen Auftrag erledigen."

Ohne einen weiteren Kommentar zu diesem nächsten Auftrag abzugeben, näherte er sich vorsichtig dem Hund, der die beiden Tierfänger noch nicht wahrgenommen hatte, und gerade irgendein undefinierbares Bündel zwischen seinen Fängen zerriss. Als sie bis auf wenige Meter herangekommen waren, bemerkte sie der Hund. Er jaulte und rannte davon.

Karl brachte die Fangschlinge in Position. „Bleib stehen, du blöder Köter!“, brüllte er das Tier an, um seinen Körper auf die Verfolgungsjagd einzustimmen. Dann rannte er los. Alles reine Routine.

Als die beiden ihren Auftrag erledigt hatten, stiegen sie in den Wagen und Philipp brauste in Richtung Innenstadt los. Er parkte irgendwo in der Nähe des Stadtparks und der Oper, denn er hatte keinen besseren Parkplatz gefunden, und die Tierfänger gingen den kurzen Weg zum Tummelplatz zu Fuß. Auf dem Weg erklärte Philipp seinem Partner, dass sich im Akademischen Gymnasium ein wildes Tier befand, das dringend eingefangen werden musste. Er meinte, die ganze Schule wäre bereits evakuiert worden und sie hätten freie Bahn.

Karl war ziemlich aufgeregt, denn das klang nach einem recht großen Auftrag (unter einem „großem Auftrag“ verstand er persönlich etwas, das auch in der Zeitung stehen würde), mehr als bloß einem entwischten Salamander aus dem Biologiesaal.

Als sie am Tummelplatz ankamen, standen vor dem Haupteingang die Direktorin der Schule, ein paar Lehrer und eine Gruppe uniformierter Polizisten. Unzählige Schüler belagerten den Platz und machten ein Durchkommen Richtung Herrengasse oder Bischofsplatz fast unmöglich. Dass auch noch die Presse anrückte, war nur noch eine Frage der Zeit.

Die Direktorin schien sehr erleichtert zu sein, als sie die beiden erblickte. Sie erklärte atemlos, dass alle Schüler die Schule bereits verlassen hätten. Sie sah dabei einen Lehrer an, der direkt neben ihr stand. Dieser nickte und meinte wenig hilfreich: „Soweit wir das feststellen konnten, schon.“ Offenbar gab es in einigen Klassen ein paar Ungereimtheiten, welche Schüler womöglich noch fehlten,

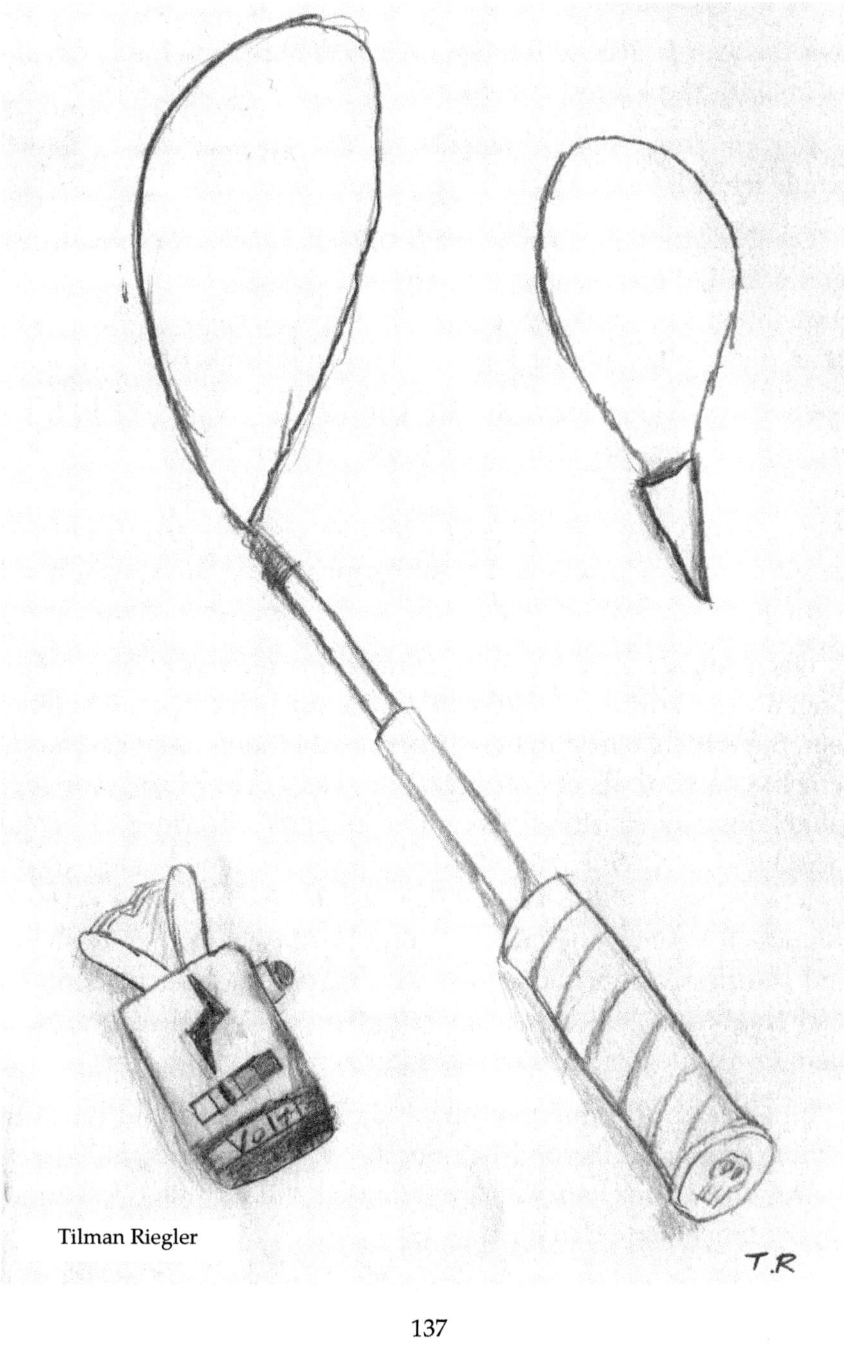

Tilman Riegler

aber das war ja deren Problem. „Wir hoffen natürlich sehr, dass alles in Ordnung ist und außerdem…“

Karl unterbrach ihn: „Vielen Dank. Es ist gut zu wissen, dass die Schule leer ist.“

Die Direktorin ergriff wieder das Wort: „Das Krokodil wurde als letztes im Keller gesehen. Moment, ich hole die Frau Kollegin, die wird Ihnen alles erzählen können!“ Eilig verschwand die Direktorin in der Menge, um die Augenzeugin aufzutreiben.

Karl war wie erstarrt. Ein Krokodil?! Waren sie hier in Schönbrunn?! Er hatte gedacht, es sei ein Hund, vielleicht ein Waschbär oder Iltis oder vielleicht eine Ziege, aber doch kein Krokodil! Karl bekam kurz keine Luft. Eine Furcht, die er schon lange nicht mehr gespürt hatte, packte ihn. Er zwang sich ruhig zu atmen, bis die Aufregung langsam wich. Das hier *war* ein großer Auftrag!

Nach kurzer Zeit kam die Direktorin mit einer schüchternen jungen Frau zurück. Lange konnte die noch nicht im Schuldienst sein. Sie schien sehr aufgelöst, aber anscheinend hatte sie ihre Geschichte schon recht oft erzählt. Der Schulwart war auch mitgekommen. Er stand neben der jungen Lehrerin und erzählte zwischendurch seinen Teil der Geschichte. Als die beiden geendet hatten, lächelte Philipp freundlich - irgendwie konnte er immer freundlich lächeln, auch wenn er und Karl nach einem Tier suchten und stattdessen nur noch einen abgenagten Kadaver fanden - und Karl fragte sich, wie er so einen netten Gesichtsausdruck hinbekam. Er meinte: „Na schön! Dann können wir ja losgehen!“

Einer der Uniformierten öffnete die Eingangstür und die Direktorin flüsterte: „Hals- und Beinbruch!“ Karl fand ja nicht, dass das die schönste Botschaft war, die man jemandem mitgeben konnte, aber er beschwerte sich nicht.

Philipp und Karl durchsuchten zuerst natürlich den Keller. Die Direktorin hatte ihnen einen Schlüssel mitgegeben, obwohl er wahrscheinlich ziemlich unnötig war, denn das Krokodil konnte ja nur zu Orten gelangen, die nicht zugesperrt waren. Aber die Direktorin war der Ansicht, es könnte nicht schaden, einen Schlüssel mitzuhaben. Als die Tierfänger den Keller fertig durchsucht hatten, ohne das Krokodil zu Gesicht zu bekommen, wunderten sie sich allerdings ziemlich. Man konnte den Keller nur über Stiegen verlassen und sie konnten sich nicht vorstellen, dass so ein Reptil über Treppen kroch. Andererseits hatten sie eher wenig Erfahrung mit Reptilien dieses Ausmaßes.

Nun hatten sie auch das Erdgeschoss und den ersten Stock durchsucht, und während Karl immer aufgeregter wurde, schien sein Partner immer genervter zu werden. Während Karl im zweiten Stock alle Winkel gewissenhaft untersuchte, murmelte er irgendetwas von einem Buffet, Freibier und dass er Hunger hätte, und verschwand von Karl Seite.

Als er nach einiger Zeit zurückkam, erklärte er aufgeregt, er wüsste nun, wo das Krokodil gewesen war. Er führte Karl zum Buffet der Schule, das wirklich so aussah, als hätte ein Krokodil darin gewütet. Karl wurde nervös und das Blut in seinen Venen fühlte sich auf einmal tiefgekühlt an. War das Vieh etwa noch in der Nähe? Er redete sich ein, dass sie äußerst gut ausgerüstet waren. Irgendwo in den Tiefen des Rucksacks seines Kollegen befand sich eine Betäubungswaffe. Die Netze und die Fangschlinge sollten ein Krokodil lange genug aufhalten können, um die Betäubungspistole hervorzukramen und zu schießen. Karl nickte entschlossen. „Gehen wir weiter!“, sagte er nur.

sein Partner zuckte mit den Schultern, nahm sich einen Schokomuffin vom Buffet und bedeutete ihm dann, sich weiter zu bewegen.

Die beide Tierfänger untersuchten den Rest des zweiten Stocks und gingen dann in den dritten. Hier sollten sie das Monstrum eigentlich finden. Karl wunderte sich, dass es bis in den dritten Stock gekrochen war, denn Treppen mussten eigentlich ein großes Hindernis für so ein Tier darstellen. Da sie aber alle anderen Stockwerke schon abgesucht hatten, und die Hintertreppe in jedem Geschoss durch eine Tür versperrt war, wodurch es so gut wie unmöglich war, dass sich das Krokodil an ihnen vorbei geschlichen haben könnte, musste es eigentlich hier sein. Die beiden sahen sich gerade um, als sie bemerkten, dass die Tür zum Zeichensaal nur angelehnt war.

Vorsichtig ging Karl hinein, während er sich nach allen Seiten umblickte. Hier war nichts. Also, kein Krokodil. Er war gerade dabei, wieder zurück auf den Gang zu gehen, als er seinen Kollegen sah, der auf einem Sessel stand und gerade versuchte, eine Gipsbüste vom Kasten herunterzuholen. Karl verzichtete darauf, ihn zu fragen, was er damit vorhatte und näherte mich ihm. Da stieß er – wie auch immer er das fertiggebracht hatte - gegen den Sessel, auf dem Philipp stand. Dieser, nämlich der Sessel, war offenbar etwas wackeliger gebaut, als es den Anschein hatte, und Philipp ging mitsamt der Büste zu Boden. Sie zerbrach – natürlich…

Karl fluchte innerlich (möglicherweise auch äußerlich) und sein Kollege und er machten sich daran, hier in diesem Saal Klebstoff zu finden, um die Büste wieder zusammenzukleben. Irgendwie sah sie in zerbrochenem Zustand noch wertvoller aus. Philipp meinte zwar, sie könnten in ihrem Bericht einfach einbauen, dass sie das Krokodil hier drinnen bekämpft hätten, und dass die Gipsbüste ihm dabei leider zum Opfer gefallen war, aber das war kein allzu großer Trost.

Karl war sehr verärgert, als sie den ganzen Gips zusammengeklebt hatten. Einerseits war es fast unmöglich, die Klebstellen nicht zu bemerken – es würde nur dann unbemerkt bleiben, wenn niemand die Büste je wieder von dem Kasten holte; andererseits würden sie nun die ganze Suche von vorne beginnen müssen, denn während die beiden sehr viel Zeit damit verschwendet hatten, 3D-Puzzle zu spielen, konnte das Krokodil schon wieder *überall* sein…

***

Ida Stettner

Ich blickte den leeren Schulgang entlang und unterdrückte ein Gähnen. Hier war doch nie und nimmer ein Krokodil! Ich schlenderte gemütlich zu den Pflanzen, die hier um einen Tisch herum standen und sah mich um. Ich entdeckte die Wand, die über und über mit Farbe bedeckt war und sah sie mir genauer an. Es waren eine Menge Namen und Sprüche darauf. Durfte man hier in der Schule einfach zu dieser Wand gehen und irgendetwas darauf schreiben? Das war ja genial! Ich wünschte wirklich, so etwas hätte es zu meiner Schulzeit schon gegeben.

Ich überlegte gerade, ob ich vielleicht irgendwo einen Stift eingesteckt hatte, um mich selbst auf der Wand zu verewigen, als mein Kollege um die Ecke bog. Er hatte sein Netz auf die Schulter gelegt und sah sich misstrauisch um.

Ich hatte nichts gegen meinen Kollegen. Er war groß und schlank und ich war zwischendurch wirklich neidisch auf seine Statur. Er sah nicht nur beeindruckend aus, er konnte auch ganz nett sein. Zwischendurch. Wenn wir nach dem Job irgendwo essen gingen, kam es immer wieder einmal vor, dass er überraschenderweise die Rechnung übernahm. Außerdem hatte er eine ähnliche politische Einstellung wie ich, was ebenfalls sehr angenehm war, vor allem auf den Fahrten von Einsatz zu Einsatz. Ich hätte keine Lust gehabt, auf solchen Fahrten über Politik zu diskutieren, aber mit Karl konnte ich mich einfach über die Lage der Nation und die Politiker beschweren, ohne viele Argumente bringen zu müssen. Nein, er war eigentlich wirklich in Ordnung.

Lästig an diesem Jungspund war nur, dass er so voller Energie war. Er begriff nicht, dass es am einfachsten war, wenn man Probleme einfach so beließ, wie sie waren, und darauf hoffte, dass sie sich entweder in Wohlgefallen auflösten oder von niemandem bemerkt wurden.

Bei einem Einsatz vor zwei Wochen hatte unser Auftragsgeber uns erklärt - während wir bereits auf dem Weg zu ihm waren! -, dass der tollwütige Hund, der in seinen Garten gesprungen war, doch nur das Tier des Nachbarn war und vielleicht doch nicht drauf und dran war, ihn zu fressen. Wenigstens hatte der Typ den Anstand besessen, dass wir trotzdem bezahlt wurden. Ich hatte mich gefreut und meinem Partner vorgeschwärmt, wie schön so ein Auftrag doch war, bei dem man nichts machen musste außer das Telefon abzunehmen. Aber er hatte nicht etwa den Wagen gewendet! - Er war trotzdem zu unserem Auftraggeber gefahren, um die Situation zu untersuchen, die ihm „verdächtig" vorgekommen war. Als wir ankamen stellte sich heraus, dass wirklich alles so war, wie man uns mitgeteilt hatte – und wir bekamen dieselbe Summe, die wir auch erhalten hätten, hätten wir die Sache so belassen. So etwas war typisch für ihn. Er steigerte sich in die Aufträge hinein und tat alles, um unsere Auftraggeber zufriedenzustellen.

In dieser Hinsicht gab es aber zum Glück noch Hoffnung für ihn. Ich erinnerte mich dunkel an meine ersten Jahren als Tierfänger, als auch ich noch so unausstehlich energiegeladen war. Damals bedeutete dieser Job ja noch Abenteuer und Heldentaten! Bis er allerdings wie ich erleuchtet wurde, würde es wohl noch eine Weile dauern. Trotzdem freute ich mich auf diese ruhigeren Zeiten.

Eine andere schlechte Eigenschaft an ihm, die sich aber womöglich nie ändern würde, war, dass es ihm nichts ausmachte, Tierfänger zu sein. Es schien so, als hätte er nie einen dieser Kinderfilme gesehen, in dem Tierfänger unglaublich böse Menschen sind, die streunenden Hunden und Katzen hinterherjagen und versuchen, sie ins Tierheim oder in ein Versuchslabor zu bringen.

Es ersparte ihm zwar vielleicht einen Psychologen, den er sonst aufsuchen hätte müssen, weil er sich selbst mit der Zeit zu sehr verabscheute, aber trotzdem war es eine Eigenschaft an ihm, die ich weder verstand noch mochte. Wenn man ihn sah, gab es keinen Zweifel, dass er ein Tierfänger war. Er trug die Fangschlinge so herausfordernd lässig auf der Schulter, dass er sofort ausholen konnte. Er schien auch seine Uniform zu mögen und er schlich sich hier so hinterlistig und leise durch die Gänge, dass ich schauderte. Von einem Typen wie ihm möchte ich nicht verfolgt werden...

Ich bemühte mich, dem Klischee der Tierfänger möglichst nicht zu entsprechen. Dagegen, dass ich ein Mann war, konnte ich nichts tun, und genauso wenig konnte ich etwas gegen meine Uniform tun, aber ich ließ das Netz in meiner Hand harmlos hin und her schwingen und benahm mich nicht wie Crocodile Dundee auf der Pirsch. Ich summte, lächelte, ohne dabei böse zu wirken (ich hatte lange vor dem Spiegel geübt, bis ich mit meinem Gesichtsausdruck zufrieden war), ich bemühte mich, ein Tier, das ich jagte, nie „Köter“ oder „Vieh“ zu nennen, und es nie anzubrüllen. „Bleib stehen! Ich werde dich schon noch kriegen!“ - Das ahnte ein Tier auch so. Wenn ich eines gefangen hatte, warf ich es nie in einen dunklen Wagen mit vergitterten Fenstern, sondern ich bemühte mich, es zu beruhigen.

Nun sah mein Kollege zu mir. „Und? Hast du es schon entdeckt?“, zischte er.

Ich erwiderte ruhig: „Ich benachrichtige dich schon, wenn ich es sehe – keine Angst!“ Diese bunte Wand hatte wirklich eine magische Ausstrahlung. Ich überlegte, ob er vielleicht einen Stift hätte. Da fiel mir ein, dass ja einer außen in meiner Jackentasche war und ich schrieb auf die bekritzelte Wand: „Ich war hier.“ Ich zögerte, denn das war wirklich kein interessanter Spruch, und ich strich ihn wieder durch.

Bevor ich mir aber etwas Besseres überlegen konnte, räusperte sich mein Partner vernehmlich. Ich blickte auf, schaute gleich darauf verlegen zu Boden, steckte den Kugelschreiber wieder in meine Tasche und bemühte mich, wie eine Person zu wirken, die man respektieren kann. Ich richtete mich zu meiner vollen Größe auf und meinte: „Gut! Sehen wir uns weiter um!“

Mein Partner nickte nur und nahm wieder die Haltung eines Tierfängers auf der Jagd ein. Ich schaute ihn an und ein kalter Schauer fuhr mir über den Rücken.

In der Schule auf der Jagd

Anna Schlegl

Ein Krokodil, das sprechen konnte, eine selbstständige Schulseele, was kam denn noch alles!? Es war eindeutig der verrückteste Tag in meinem Leben. „Man gebe mir ein Buch und lasse mich in Ruhe!", verlangte ich innerlich von meinen imaginären Lakaien.

Cassandra, die neben mir ging, nahm meine Hand. Sie blickte mich besorgt an und fragte leise: „Ist alles in Ordnung mit dir?"

Ich schüttelte den Kopf und schnaubte: „Ich stehe kurz vor einem Nervenzusammenbruch! Wie soll man bitte vernünftig über all die verrückten Dinge, die gerade passieren, nachdenken? Ich meine, sprechende Krokodile und eine lebende Schule!? Ich habe das Gefühl, dass allein davon mein Schwindelgefühl noch schlimmer wird - und erst recht, wenn ich mir darüber Gedanken mache. Ich will nicht mehr!"

Cassandra sah mich mitfühlend an und auf einmal umarmte sie mich. „Das schaffst du schon." Ein bisschen hilflos zuckte sie mit den Schultern und fuhr fort: „Du kannst es so wie ich machen, und dir erst dann den Kopf darüber zerbrechen, wenn alles vorbei ist. Bis dahin kannst du das Ganze ja einfach als eine besondere Herausforderung betrachten, die du eben meistern musst."

Ich musste lächeln, weil Cassandra mich so gut kannte. „Du hast recht. Ich werde erst dann einen Nervenzusammenbruch haben, sobald unser Leben nicht mehr ganz so akut in Gefahr schwebt. In Bio haben wir ja gelernt, dass so etwas normalerweise nur passiert, wenn der Adrenalinpegel sinkt."

Cassandra meinte: „Schön, dass es dir wieder gut genug geht, dass du besserwisserisch sein kannst!“ Dabei sah sie sehr erleichtert aus und wir beeilten uns, um die anderen einzuholen, die schon weitergegangen waren.

Als wir Fünf und das sprechende Krokodil schon beinahe beim Archiv waren, begann sich plötzlich vor meinen Augen alles zu drehen. Ich schnappte nach Luft und die anderen drehten sich alarmiert nach mir um. Hilflos sank ich zu Boden. Was war nur los mit mir?! Waren das etwa schon die Auswirkungen der entweichenden Schulseele? Gerade, als ich kurz davor war, in Panik zu geraten, hörte ich das Geräusch einer zufallenden Tür und schwere Schritte, die sich näherten. Mit panisch aufgerissenen Augen blickte ich mich zu den anderen um – niemand von ihnen hatte sich bewegt und offenbar hatten sie die Schritte auch gehört. Sie schienen alle dasselbe zu denken wie ich.

Das musste ein Lehrer sein, der unser Fehlen bemerkt hatte! Wir sahen einander an. Wir alle wussten, dass es eine viel größere Katastrophe wäre, wenn wir jetzt von hier verschwinden müssten, denn die Lehrer würden uns sicherlich nicht glauben, wie bedrohlich die Lage um die Schulseele war. Ich rappelte mich unbeholfen auf. Dann begannen wir alle zu laufen und hofften, dass man uns noch nicht entdeckt hatte.

Dann aber hörten wir ein vergnügtes Pfeifen, wie man es sicherlich nicht von einem Lehrer hören würde, der soeben bemerkt hatte, dass man gleich mehrere Schüler in einer Schule zusammen mit einem Krokodil darin vergessen hatte! Also blieb ich stehen und lugte um die Ecke. Dort stand ein schwieliger, etwa fünfzigjähriger, etwas korpulenterer Mann mit so etwas wie einem überdimensionalen Schmetterlingsnetz in Händen! Was zum Teufel…?

Doch dann murmelte er vergnügt vor sich hin: „Wo soll denn hier ein Krokodil sein... Aber es ist wirklich erstaunlich, wie dumm die Lehrer an dieser Schule doch sind! Irgendwer hat sich da was eingebildet – kein Wunder bei dem Radau, den so ein Haufen Schüler veranstalten kann... Als würde hier in Graz - und noch dazu in einem Schulgebäude - wirklich ein Krokodil herumlaufen!"

Ich hatte genug gehört, zerrte die anderen mit mir, während das Krokodil uns folgte und schloss die Tür zum Archiv. „Es ist kein Lehrer! Es ist ein Krokodilfänger!"

Die anderen sahen mich entgeistert an. „Und der poltert so herum?", fragte Cassandra. „Sehr professionell..."

Ich zuckte die Schultern. „Er glaubt offenbar nicht, dass es hier wirklich ein Krokodil gibt."

„Umso besser! Dann ist er vielleicht nicht so genau und wir können ungestört nach dem Dings... dem Sprachrohr suchen." Fae sah sich um. „Wir sollten vielleicht wirklich hier beginnen, wie Magdalena sagte. Hier gibt es jedenfalls am meisten Zeug, das wir noch durchwühlen können - und schließlich könnte uns am Gang jetzt ja auch jederzeit der Krokodilfänger über den Weg laufen."

Ausnahmsweise stimmte ich ihr einmal zu, und so begannen wir wieder einmal, Text um Text zu lesen. Die meisten Schriftstücke, die wir fanden, waren Schularbeiten und mehr oder weniger gut verfasste Matura-Arbeiten. In den Klassenbüchern konnte man so ziemlich jede Entschuldigung lesen, die sich ein Schüler nur je ausgedacht hatte und hier und da entdeckten sie auch etwas, das ein Lehrer geschrieben haben musste.

Kurz entschlossen drehte Fae eine Kiste um, die sie irgendwo aus einer staubigen Ecke gezerrt hatte. Zwischen unzähligen Zetteln, die mit so etwas wie mathematischen Konstruktionszeichnungen vollgekritzelt waren, entdeckte sie ein schmales schwarzes Büchlein. Wenn irgendetwas in dieser Kiste es wert war gelesen zu werden, dann konnte es nur das sein.

Aus dem Tagebuch eines Professors

Ferdinand Kienreich

11.11.1973

Der Fasching hat soeben begonnen. Mein Kollege Zimmermann hat mich im Altphilologen-Kabinett mit seinem Kaffee übergossen. Morgen finden die Feierlichkeiten anlässlich des vierhundertsten Jubiläums unserer Schule statt. In der ganzen Schule kann man die Aufregung spüren.

Ich habe mit meiner äußerst interessierten Klasse ein Experiment in unserem Chemiesaal durchgeführt. Dabei wollten wir Rosenöl genauer unter die Lupe nehmen, da es ein Bestandteil des momentan sehr beliebten Rosenparfums ist. Rosenöl ist eine Substanz, die nicht für den Kontakt mit dem Körper geeignet ist, da sie starke Reizungen, Entzündungen und Augenschäden hervorrufen kann. Einem Parfum werden jedoch noch viele andere Stoffe beigemengt, somit sinkt die Konzentration auf ein unbedenkliches Maß.

Ich wollte mit meinen Schülern testen, wie viele Stoffe beigemengt werden müssen, damit die Konzentration auf ein unbedenkliches Maß sinkt. Während der Durchführung des Versuchs hat der Schüler Wolfgang Sumboris ein Gefäß mit Rosenöl umgestoßen. Es kam, wie es kommen musste und meine heißgeliebte Schatulle zur Aufbewahrung von Kreiden wurde von Rosenöl durchtränkt. (Schon wieder eine ausgeleerte Flüssigkeit, die mich erwischt hat…).

Die Schatulle fing plötzlich zu dampfen an und verbreitete den Geruch nach Rosenöl. Sie verfärbte sich. Der gewohnte orangefarbene Samtbezug verlor seinen gelben Farbanteil und wurde rosenrot. Ich bin zwar kein Botaniker – da müsste ich meine Kollegin Frau Schieber fragen –, aber ich bin Chemiker und ich weiß, dass das kein natürlicher Vorgang war. Schließlich ist Rosenöl keine Säure.

Da ich vorhabe, diese merkwürdige Veränderung weiter zu beobachten, habe ich die Schatulle nach dem Unterricht in das Hinterzimmer des Chemiesaals gestellt. Ich werde warten, bis sie trocken ist und sie dann genauer untersuchen.

Soeben musste ich erfahren, dass der finnische Chemiker, Kollege und Nobelpreisträger *Artturi Ilmari Virtanen* heute verstorben ist. Ich habe ihn immer bewundert…

12.11.1973

Heute haben wir mit unserer Schule den vierhundertsten Geburtstag gefeiert… Da vierhundert Jahre keine kurze Zeit ist, und unsere Schule das älteste Gymnasium der Steiermark ist, waren auch Privatpersonen herzlich dazu eingeladen, mit uns das Jubiläum zu feiern.

Als ich am Ende der pompösen Feierlichkeiten im Kabinett der Altphilologen angekommen war, bemerkte ich, dass ich die Schatulle im Hinterzimmer des Chemiesaals vergessen hatte. Ich wollte sie rasch holen gehen und nachsehen, ob sie bereits trocken war. Beim Verlassen des Kabinetts ist mir jedoch aufgefallen, dass das von Graf Herberstein gestiftete Krokodil nicht mehr an seinem schönen Wandplatz hing. Als ich irritiert weiterging, riss mich plötzlich ein furchteinflößendes, animalisches Geräusch aus meinen Gedanken. Hatte das etwa mit dem Krokodil zu tun? – Konnte das sein? – Unmöglich! Das Krokodil war doch schon seit 1911 tot. - Oder?

Das Geräusch - ich würde es als ein Brüllen bezeichnen - kam langsam näher und wurde lauter. Ein paar Gedanken schossen mir durch den Kopf, ich drehte mich um und bekam es mit der Angst zu tun. Hinter mir stand tatsächlich ein lebendiges Krokodil.

Wenige Augenblicke später rannte ich schon so schnell, wie es mir nur möglich war, und ich erreichte Gott sei Dank noch rechtzeitig meinen Raum im Altphilologen-Kabinett.

Ich befinde mich jetzt seit zwei Stunden in dem von innen verriegelten Raum, jedoch wage ich es nicht, ihn zu verlassen, da noch immer ein furchterregendes Gebrüll zu vernehmen ist. Grübeleien und Hirngespinste plagen mich schon seit Stunden. Ich kann mir nicht erklären, was mit mir oder dem Krokodil los ist. Zuerst die rauchende Schatulle, jetzt das Krokodil. Entweder werde ich verrückt oder es passiert gerade irgendetwas Mysteriöses in der Schule. Die Tatsache, dass auch meine Klasse den Rauch bei der Schatulle gesehen hat, spricht allerdings eher dafür, dass ich nicht verrückt geworden bin. Ich werde die Nacht allerdings vorsichtshalber im Kabinett verbringen.

<u>13.11.1973</u>

Es ist 02:47 und das Knurren des Krokodils ist endlich verstummt. Ich befinde mich in einer Art Halbschlaf. Langsam fange ich an, den Sinn meiner mich wachhaltenden Tagebucheinträge zu hinterfragen. Vielleicht sind sie irgendwann irgendwem eine Hilfe oder von Nutzen. Ich werde noch einmal versuchen, einzuschlafen. Vielleicht gelingt es mir ja jetzt.

05:24, ich bin aufgewacht. Das Krokodil, das vielleicht nur in meinem Kopf existiert, gibt noch immer keine Geräusche von sich. Ich bin mir nicht sicher, ob alles nicht doch bloß ein böser Traum war. Wenn man sich nicht sicher ist, ob man verrückt geworden ist,

ist viel Zeit zum Nachdenken auch nicht gerade die beste Hilfe. Nach einigen Überlegungen ziehe ich dennoch in Erwägung, weitere Nachforschungen anzustellen.

05:46, ich habe es mir doch anders überlegt. In meiner Ratlosigkeit habe ich nämlich einen Blick durch das Türschloss geworfen und entdeckt, dass das Krokodil immer noch vor der Tür meines Kabinetts kauert und die Zähne fletscht. Ich bin mir nicht sicher, ob mein Blick die Aufmerksamkeit des sudanesischen Reptils erweckt hat. Allerdings will ich auch keinen zweiten Blick riskieren. Ich bin schon sehr gespannt, was meine Kollegen zu dem lebendigen Krokodil sagen werden.

05:47, das Knurren hat wieder angefangen…

Ich bin mittlerweile davon überzeugt, dass das Krokodil echt ist. Ob das Lebendigwerden des Krokodils etwas mit dem Rosenöl und meiner Schatulle zu tun hat? Die Sache mit der Schatulle kann nicht mit rechten Dingen zu gegangen sein. - Ich bin schließlich nicht umsonst Doktor der Chemie. Es war ganz sicher kein chemischer Prozess, jedoch kann ich mir nicht erklären, was es sonst gewesen sein sollte. Wie dem auch sei, ich hoffe, dass einer meiner Kollegen mich und das Ungeheuer findet und Hilfe ruft. Bis dahin werde ich noch einmal versuchen, zu schlafen.

09:12, Ich bin jetzt seit eineinhalb Stunden und sieben Minuten wach. Mittlerweile bin ich mir nicht mehr so sicher, ob ich nicht doch verrückt geworden bin. Da ich seit vorgestern Abend im Minutentakt ein Element des Periodensystems auf den Boden meines Zimmers schreibe, habe ich jetzt fast kein Platz mehr, um mein verkehrtes Pentagramm aus Elementen fertig zu zeichnen. Moment. Wieso male ich ein Zeichen des Teufels auf den Boden?! Ich bin verrückt. Ist ja auch egal...

Obwohl mittlerweile schon einige Kollegen an dem Krokodil vorbeigegangen sein müssen, haben sie es nicht bemerkt. Professor Zimmermann ist sonst immer so aufmerksam und achtet immer so genau auf seine Umgebung. Wieso sieht er das Reptil nicht? Bin ich also doch verrückt?

14.11.1973

Ich sitze nun seit fast drei Tagen in meinem kleinen Raum im Altphilologen-Kabinett. Ich traue mich nicht, einen Kollegen herbeizurufen und ihn zu fragen, ob er das Krokodil vor der Tür ebenfalls sieht. Wie gut, dass ich im Kasten noch die Kiste Champagner von der letzten Maturantenverabschiedung gehortet habe.

Anscheinend vermisst mich auch niemand aus dem Lehrerkollegium und ich nehme an, dass meiner Klasse der Chemie- und Lateinunterricht nicht wirklich fehlt. Ich befinde mich gerade in einer schwierigen Lage, da ich nicht weiß, wie lange ich noch in meinem Kabinett bleiben soll. Ich könnte es einfach verlassen und zu Kollegen Zimmermann sagen: „Guten Tag, haben Sie mich schon vermisst? Ach übrigens, vor dem Kabinett lauert das sudanesische Krokodil.“ Er würde mich vermutlich entsetzt ansehen, meinen Raum betreten und mein wundervolles Kunstwerk betrachten: Ein auf den Kopf gestelltes Pentagramm bestehend aus Elementen des Periodensystems. Vielleicht würde er mich sogar mit der Begründung, dass ich von wer-weiß-wem besessen sei, in ein Irrenhaus stecken wollen.

Also habe ich mich dazu entschlossen, doch noch in meinem Raum zu bleiben und zu warten. Je mehr ich über die Sache mit dem Krokodil nachdenke, desto mehr verliere ich meinen Verstand und bekomme Angst, in ein Irrenhaus gesteckt zu werden.

Es ist jetzt 18:32 und ich stehe am Rande der Verzweiflung.

* * *

Wieder ein Text, der nicht ganz vollständig war. Fae ließ die Seiten des Büchleins durch die Finger gleiten. Nein, die restlichen Blätter waren leer bis auf eine Einkaufsliste auf dem vorletzten Blatt. „Aber immerhin hat er das Krokodil gesehen“, murmelte sie.

„Wer?“ Cassandra wühlte sich gerade durch einige Rechnungen, die aus den Untiefen einer Lade aufgetaucht waren.

„Ein Chemieprofessor aus den 70er-Jahren.“

„Oh ja, an den kann ich mich erinnern,“ meldete sich das Krokodil, das sich in der Zwischenzeit in einer Ecke eingerollt hatte. „Das war beim vierhundertsten Jubiläum – auch ein sehr mächtiges Datum. Aber leider wollte er partout nicht mir reden. Ich glaube, er hat dann die Sommerferien in Puntigam Links verbracht...“

„Du wärst auch nicht gerade mein erster Ansprechpartner,“ erwiderte Sven, während er sich nach einem Klassenbuch streckte, das in einem der obersten Regale lag.

„Ja, aber wenn die vierhundert Jahre so ein mächtiges Datum sind, hat er dann kein Sprachrohr für die Schulseele gehabt?“, fragte Louis aufgeregt.

Das Krokodil stieß ein Zischen aus, das wahrscheinlich ein Lachen hätte sein sollen. „Natürlich, aber dieser verhinderte Nobelpreisträger von Professor hat ja rein gar nichts begriffen. Dabei hat sich das Sprachrohr doch vor seinen Augen gebildet! Von wegen Chemieunfall.“ Diesmal war es eher ein Schnauben, welches das Krokodil von sich gab.

Die Kinder sahen einander an. „Die Schatulle!“, stießen Fae und Sven gleichzeitig hervor.

„Das wäre immerhin möglich," bestätigte Magdalena. „Die Frage ist nur, wo so eine Rosenöl-verseuchte Schatulle in den letzten vierzig Jahren hingekommen sein könnte."

„Wahrscheinlich hat sie irgendwer weggeschmissen," meinte Sven resignierend.

„Aber schau, den ganzen Kram hier hat ja auch niemand entsorgt!", warf Cassandra ein und deutete auf die Stapel an Papier, die sie im Archiv bereits durchwühlt hatten. „Und dieses Zeug ist weit älter als bloß vierzig Jahre."

„Ich denke auch, dass die Schatulle noch hier sein könnte – wenn sie wirklich ein Sprachrohr ist," sagte Sven zuversichtlich, wobei das Krokodil anerkennend zischte.

„Vielleicht finden wir noch etwas Besseres," sagte Fae und tauchte kopfüber in eine weitere Kiste, die Louis aus einer ganz besonders staubigen Ecke hervorgezerrt hatte. Mit einem Hauch von Spinnweben am rechten Ohr kam sie nach ein paar Augenblicken wieder aus den Untiefen der Kiste hervor und hielt stolz ein zerknautschtes Heft mit einem schlecht gezeichneten Goofy darauf hoch.

„Was soll das sein?", fragte Cassandra.

„Ich habe keine Ahnung, aber es ist kein Schularbeitenheft und ganz sicher auch keine Matura-Arbeit."

Magdalena riss ihr das zerfledderte Heft aus den Händen und blätterte es durch. „Da sind einige Seiten herausgerissen," stellte sie fest. „Ich glaube, das ist auch so etwas wie ein Tagebuch..."

„Dann sollten wir es lesen," bestimmte Sven. „In Tagebüchern stand bisher immer das Interessanteste drin."

Das Krokodil brummte zustimmend.

Aus dem Tagebuch eines Austauschschülers

Janik Stransky-Heilkron

Der zersplitterte alte Stock aus Rattan-Holz lag in meiner Hand und vibrierte leicht. Ich wartete darauf, dass mein Gegner den Angriff startet. Der Schlag kam wie erwartet Richtung Kopf. Das Ganze wehrte ich mit einem einfachen Block ab und verpasste meinem Gegner dann einen Schlag auf den Arm. So sah mein Alltag aus. Ich machte ein Auslandsjahr als Schüler in einem Kung-Fu Kloster.

In dem alten, aus Holz gebauten Raum roch es wie immer nach verbranntem Holz. Ein Geruch, welchen ich zu lieben gelernt hatte. Hier in diesem Kloster hatte ich alles, was ich brauchte. Was natürlich keine technischen Geräte beinhaltete. Das heißt, kein Handy oder Computer. Auch keine X-Box. Spätestens nach diesem Satz werden wohl die meisten Jugendlichen zusammengezuckt sein. Ein Jahr ohne Handy, Computer und Spielekonsole? Unvorstellbar, oder? Tja, das dachte ich auch. Aber fangen wir am Anfang an:

Ich sitze im Flieger, bin leicht nervös – und zwar aus zwei Gründen. Einerseits wegen meiner Flugangst, welche sich bisher jedes Mal als unbegründet erwies, andererseits, weil ich ans andere Ende der Welt fliegen würde.Von Graz aus ans Ende der Welt. Es mag vielleicht nicht die bekannteste Stadt sein, aber es ist meine Stadt. Als ich erfuhr, dass meine Bewerbung angenommen worden war und ich für ein Jahr weggehen würde, waren meine Gefühle zwiegespalten. Einerseits freute ich mich darauf. Ich meine, ein Jahr in China! Großartig! Andererseits dachte ich an meine Familie. Ein ganzes Jahr ohne meine Familie? Ohne meine Freunde? Ich hatte mir die Entscheidung nicht leicht gemacht, doch schlussendlich saß ich in diesem Flugzeug.

Der Flieger startete mit einem tosenden Geräusch. Meine Nervosität stieg bis ins Unendliche, als wir abhoben. Hieß es nicht, dass die meisten Unfälle bei Start und Landung passieren? Doch nach einiger Zeit flogen wir schon über das Mittelmeer und über Städte, die einfach nur wunderschön waren. Nach einer Weile schlief ich ein. Als ich aufwachte, merkte ich, dass ich nur eine einzige Stunde geschlafen hatte. Das hieß, der Flug würde noch geschlagene neun Stunden dauern. Viel Zeit totzuschlagen. Ich sah mich um.

Neben mir saß ein offenbar asiatisches Mädchen, welches ungefähr gleich alt war wie ich. Sie nahm eine Zeitung aus ihrer Tasche, welche auf Mandarin geschrieben war, weshalb ich annahm, sie käme aus China. Schließlich sprach ich sie auf Mandarin an. Ich hatte mich schließlich gut auf mein Auslandsjahr vorbereitet. Darauf sah sie mich erstaunt an, blickte erst hinter sich und auf den Platz auf der anderen Seite des Ganges. Offensichtlich ging sie nicht davon aus, dass ich sie angesprochen hatte. Nach einigen Augenblicken purer Verwunderung sagte ich in ihrer Muttersprache, dass sie nicht verrückt ist, sondern tatsächlich ich, ein nicht gerade gelehrt aussehender männlicher Mitteleuropäer, der in einem Monat 17 werden würde, sie soeben auf Mandarin angesprochen hatte.

Sie runzelte die Stirn und fragte mich, wie es dazu kam, dass ich beinahe makelloses Chinesisch sprach. Aus dieser Frage wurden mehrere, und daraus ein richtiges Gespräch. Als wir gelandet waren und ich schon dem Flughafenausgang zustrebte, hörte ich ihre Stimme, ich solle warten. Ich kam ihr ein Stück entgegen. Sie gab mir ihre Telefonnummer und sagte, ich solle sie einmal anrufen.

Als ich in meinem Hotel für die erste Nacht ankam, begrüßte man mich auf eine wirklich sehr höfliche Art und Weise, zeigte mir mein Zimmer und fragte, ob ich sonst noch Wünsche hätte, was ich aber dankend ablehnte. Schließlich lag ich in meinem Bett, welches ungewohnt hart war, was, wie ich feststellte, daran lag, dass das Bett aus vier Beinen, einem Brett und aus einer drei Zentimeter dicken Schicht aus Leintüchern bestand. Das war das Gemütlichste, worauf ich in diesem Jahr schlafen würde. Als ich fast eingeschlafen war, fiel mir ein, dass ich noch zuhause anrufen sollte, wenn ich angekommen war.

Ich kramte schlaftrunken in meinen Taschen nach meinem Handy, wobei mir wieder die Nummer des Mädchens einfiel. Ich wählte die Nummer meiner Mutter, während ich das kleine Zettelchen mit einer dahingefetzten Nummer mit chinesischer Vorwahl in den Händen hielt.

Eine vertraute Stimme riss mich aus den Gedanken: „Jacop? Bist du da? Ist alles in Ordnung? Wieso rufst du zu dieser Uhrzeit an?"

„Was meinst du mit *dieser Zeit?* Es ist halb neun", sagte ich mit etwas müder Stimme

„Bei dir vielleicht!", hörte ich die genervt und gleichzeitig erleichtert klingende Stimme meiner Mutter. „Du hast vergessen, dass sieben Stunden Zeitunterschied herrschen! Das heißt bei uns ist es drei Uhr morgens. Aber jetzt weiß ich wenigstens, dass es dir gut geht. Melde dich morgen und gute Nacht."

„Gute Nacht, Mama", murmelte ich. Es machte ein leises 'PIEP', als meine Mutter auflegte.

Ich legte mich ins Bett und schloss meine Augen. Als ich aufwachte, merkte ich, dass ein Hotelangestellter vor der Tür stand. Ich zog mir meine Lieblingskleidung an. Meine alte Lederjacke, die ich schon hatte, seit ich elf war. Ja, ich hatte damals darauf bestanden, diese Lederjacke zu haben, obwohl die mir als Knirps um einen gefühlten halben Meter zu groß war, und ich darin lächerlich aussah. Damals war ich noch recht klein geraten im Vergleich zu heute. Inzwischen passte mir die Jacke ausgezeichnet – und ich fühlte mich in China etwas einsam, da ich die einzige Person im weitem Umkreis war, die über einen Meter achtzig groß war.

Jedenfalls stand ich nun in der Tür. Den Türrahmen ausfüllend, breit gebaut, in Lederjacke und zerfetzter Jeans. Der wie ein Pinguin aussehende Angestellte des Hotels sah mich an, als käme ich von einem anderen Planeten. Es fühlte sich komisch an, auf den Mann, den ich auf 40 Jahre schätzte, von oben herab zu schauen. Der männliche Hotelpage drückte mir einen Brief in die Hand.

In dem Umschlag befand sich Folgendes: ein paar Schokoladensüßigkeiten, eine Halskette, auf der ein Drache abgebildet war, und ein kleines Zettelchen auf dem Folgendes stand:

Hallo Jacop!

Wir hoffen es geht dir gut. Wenn du dich jetzt fragst, wer wir sind, dann beantworte ich dir diese Frage gerne. Wir sind deine Klasse. Ja, sogar unser Klassenvorstand, der Herr Professor ist mit dabei. Hoffentlich erreicht dich der Brief, deine Mutter hat uns die Adresse deiner ersten Etappe gegeben. Wir haben gehört, dass es in China deine Lieblingsschokolade nicht gibt, also haben wir dir hier einen kleinen Vorrat geschickt. Und die Halskette? Wir haben danach gesucht, was dein chinesisches Sternzeichen ist. Und dreimal darfst du raten! Du bist ein Drache! Die Kette soll dir Glück bringen.

Liebe Grüße von uns allen

und speziell von deinem besten Freund Jakob!

火
土
木
金
水
火土木金水

Darunter waren noch Unterschriften von jedem aus meiner Klasse. Das war einer der Gründe, warum ich so froh war, in dieser Klasse zu sein. Wir hielten immer zusammen. Sogar, wenn ich am anderen Ende der Welt war. Die Kette, die aus einem angenehm schweren Metall bestand, band ich mir um, entschlossen sie immer bei mir zu haben.

Ich hatte den Brief noch immer in der Hand, als ich bemerkte, dass ich eine E-Mail auf meinem Smartphone bekommen hatte. In dieser Mail stand die Kennung des Busses, welchen ich nehmen sollte und ein QR-Code, welcher sozusagen meine Fahrkarte war. Also packte ich alles zusammen, was ich brauchte: Mein Telefon, das dazugehörige Ladekabel, meinen Laptop, einen Haufen Kleidung und ein paar Kleinigkeiten.

Ich machte mich auf den Weg zu meiner Bushaltestelle. Als ich nun dort stand, musste ich wieder an das Mädchen aus dem Flugzeug denken. Ich kramte ihre Nummer hervor und entschloss mich, sie später anzurufen. Ich wartete. Mindestens ein Dutzend Chinesen machten Fotos von mir. Als der Bus endlich da war, stieg ich ein und mich trafen mehr als zwei Dutzend misstrauische Blicke. Ich ignorierte sie, schloss meine Augen und schlief ein. Das Letzte was ich mitbekam, war, dass wir auf eine riesige Bergkette zufuhren.

Ich wurde durch das Geräusch von zerberstendem Glas aus dem Schlaf gerissen. Millionen kleine Splitter flogen herum und alles drehte sich, dann wurde mir schwarz vor Augen. Als ich wieder zu mir kam, hörte ich alles Mögliche gleichzeitig. Ich hörte das Gluckern von ausrinnendem Benzin, das Schreien von Leuten und keuchende Atemzüge.

Wir waren von der Straße abgekommen! Panik machte sich in meinem Kopf breit. Ich schmeckte mein eigenes Blut und spürte, dass etwas in meiner Seite steckte. Ich hörte schwere aber dennoch schnelle Schritte. Das Letzte, was ich wahrnahm, war ein stechender Schmerz in meiner linken Brustseite. Danach war nichts mehr. Ein bloßes Gefühl der Leere. Nichts mehr. Kein Schmerz und auch keine Angst. Die Zeit in dieser Leere schien unendlich.

Doch als ich wieder aufwachte, ergriff mich der Schrecken. Ich sah eine Wand aus Holz. Auf ihr waren verschiedene Schriftzeichen eingeritzt. Das einzige, welches ich lesen konnte, war Shao-Lao. Anscheinend ein Name. Ein Mann in orangefarbener Robe kam auf mich zu. Er ignorierte meine Begrüßung und Fragen und griff sanft lächelnd an das Stück Eisen, welches in meiner linken Brusthälfte steckte, um es mit einem kräftigen Ruck herauszuziehen.

Ich schrie auf. Der Schmerz war unerträglich. Was ich erst danach bemerkte, war, dass ein zweites Stück Eisen noch in meiner Seite steckte, welches der Mann bis jetzt anscheinend auch noch nicht gesehen hatte. Als er es bemerkte, griff er nach meiner Hand und legte sie an das Stück Eisen. Sein Lächeln hatte etwas Hypnotisches. Er legte mir alles hin, was man brauchte, um Wunden zu nähen und verließ schweigend den Raum.

Ich wusste, was er von mir wollte. Ich zog das kleine Stück Metall unter stechenden Schmerzen aus meiner Seite. Als es nun auf dem Boden lag, erkannte ich, dass es ein Teil der Nummerntafel des Busses war. Ich nahm das dünne Stück Katgut, das mir der Mann hingelegt hatte, und begann mit zusammengebissenen Zähnen zu nähen. Obwohl ich es schon einige Male im Fernsehen beobachtet hatte, konnte ich nicht glauben, dass ich das tatsächlich fertigbrachte!

Als ich die Tortur beendet hatte, kam der orange gekleidete Mann zurück und nahm das Nummernschild, sowie alles, was noch an Nähzeug übrig geblieben war, an sich. Meine Augen schlossen sich wie von alleine. Ich war zurück in dieser Leere. Sie faszinierte mich. Es war, als wäre ich im, nun ja, im Nichts. Die Stille fühlte sich toll an, doch gleichzeitig bedrückend.

Eine Stimme, die ich bis jetzt noch nie gehört hatte, riss mich aus dem Nichts. Ein anderer Mann, auch in Robe, lehnte direkt über mir. Er sprach zu mir in brüchigem Englisch: „Hey, aufwachen! Die Naht ist zwar nicht gerade sauber, aber sie wird für jetzt reichen. Kannst du aufstehen?"

Ich brauchte einige Augenblicke, um mich zu orientieren. „Wo bin ich? Was ist los?", fragte ich mit benommener Stimme.

Der Mann überdrehte die Augen, packte mich an der Schulter und riss mich hoch. Ich stieß ihn zur Seite und verzog das Gesicht vor Schmerzen. Er nickte, nahm mich bei der Hand und brachte mich aus dem Raum. Er führte mich durch ein unübersichtliches Labyrinth aus Gängen. Wir kamen in einem großen Raum an, in welchem ein großer, breit gebauter Mann stand. „Willkommen! Anstatt meine Schüler wegzustoßen, solltest du dankbar sein. Wir haben dich aus dem Wrack gezogen. Du warst der Einzige, den wir retten konnten."

„Sie sind alle… tot?", fragte ich schockiert.

Der Mönch schmunzelte kurz, wobei ich nicht wusste, wie man bei so etwas lächeln konnte, und sagte beruhigend: „Mach dir darüber jetzt keine Sorgen mehr."

Ich sah ihn mit noch immer schockiertem Blick an. Er gab seinem Schüler einen Wink, welcher mich im selben Moment wieder an der Schulter hochriss und mich zurück in das Zimmer aus Holz schleppte.

„Ich verzeihe dir wegen vorhin, du musst aber noch viel lernen.“ Sagte er wieder in brüchigem Englisch.

„Was ist das hier für ein Ort?“, erwiderte ich in Mandarin.

Der junge Mann riss erstaunt die Augen auf und begann mit einem Lächeln in seiner Muttersprache zu sprechen: „Das hier ist der Orden des Shao-Lao. Es wundert mich nicht, wenn du diesen Namen nicht kennst. Es ist der Name eines Drachen. Eines Drachen, den nur wenige Menschen kennen. Ach ja, das hier ist dein Zimmer. Deine Sachen, beziehungsweise alles was davon übrig ist, sind im Kasten da drüben.“

„Danke“, sagte ich etwas überfordert.

Im selben Moment verließ der Bursche, den ich ungefähr auf mein Alter schätzte, den Raum und schloss die Tür hinter sich. Ich war alleine im Zimmer und begann, meine Sachen zu durchwühlen. Die Lederjacke war komischerweise noch fast ganz, bis auf ein Loch in der Seite. Die Kette war auch noch da. Ich zog mir ein T-Shirt und die Jacke an und band mir die Kette um. Ich setzte mich auf das Bett.

Verzweifelt saß ich da. Tot? Heißt das, dass ich der einzige war, der von diesen 50 Leuten überlebt hatte? Kleine Kinder? Alte Menschen? Alle tot? Ich konnte es nicht glauben. 50 Leute - alle tot? Irgendwer musste doch noch überlebt haben. Haben sie nur mich retten können oder wollten sie nur mich retten?

Ich war mir nicht sicher, ob ich diesen Leuten trauen konnte, aber es war die einzige Wahl, die mir für den Moment blieb. Es war bereits Abend. Ich durchstöberte meine Sachen weiter, beziehungsweise das, was davon übrig war, um mein Telefon zu finden. Ich konnte es in dem Haufen nicht entdecken. Ich suchte verzweifelt weiter. Meine Mutter musste sich inzwischen extreme Sorgen machen! Nach einer Weile verließ ich den Raum, um jemanden zu fragen, ob er ein Telefon hätte, doch alle beantworteten die Frage mit einem einfachen „Nein".

Als ich den Shi-Fu fragte, begann er nur zu lachen. Er sagte mir, dass es hier keine Telefone gäbe, und das nächste Telefon unten im Tal sei. Er sagte auch, dass der Abstieg nachts zu unsicher wäre und ich morgen mit jemandem gemeinsam absteigen sollte. Dies erschien mir zwar nicht als die beste Lösung, aber ohne Hilfe würde ich es wohl kaum den Berg hinunterschaffen. Für einen fürchterlichen Moment fühlte ich mich hier wie ein Gefangener.

Ich brauchte Ruhe und Zeit zum Nachdenken. Es war schwer zu schlafen, ohne dass eine der beiden Wunden an meinem Körper schmerzte. Schließlich fielen mir doch die Augen zu.

Als ich aufwachte, fühlte ich mich schrecklich. Mein ganzer Körper schien zu schmerzen. Der junge Mann in meinem Alter kam mit einem Rucksack auf dem Rücken zur Tür herein und sagte mir, ich solle mich beeilen, wenn ich heute noch im Tal ankommen wollte. Ich begriff schnell, worum es ging, aber als ich in Lederjacke und T-Shirt den Raum verlassen wollte, stoppte er mich, hielt mir einen Pelzmantel vor die Nase und sagte: „Geh so zur Tür raus und du wirst innerhalb von fünf Minuten erfroren sein."

Nach dieser klaren Information nahm ich die Jacke gerne an mich. Der Wind war beißend. Ich hatte zwar mehr als drei Schichten Kleidung an, aber ich spürte die eisige Kälte in jeder Faser meines Körpers. Wir begannen den Abstieg. Nach ungefähr einer Stunde machten wir auf einem kleinen Plateau Pause. Der Junge hatte jede Menge Vorräte in seinem Rucksack. Zwar waren es nur getrocknetes Fleisch und Brot, aber es machte mehr oder weniger satt. Schließlich stiegen wir weiter ab. Ich konnte nicht sehen, wie weit es noch nach unten war, da der Nebel dicht und undurchdringlich schien.

Es dauerte lange, bis wir durch die Nebelschicht durch waren. Schließlich konnte ich die unfassbare Schönheit der Landschaft erst richtig betrachten. Grüne Täler und schneebedeckte Berge. Unten im Tal konnte man ein kleines Dorf sehen. Viele kleine Gestalten wuselten umher und gingen ihrer Arbeit nach. Man konnte, wenn man genau hin sah, sogar kleine Kinder erkennen, wie sie mit einem Ball spielten. Ich starrte mit offenem Mund diese scheinbar fremde Welt an.

„Hey, bist du noch wach?", fragte mich meine Begleitung lächelnd. Ich grinste zurück und stieg weiter.

Es war nicht mehr weit nach unten, aber das anstrengendste Stück kam erst noch. Es wurde immer steiler und steiler. Mir fiel ein kleiner glitzernder Stein auf, der mich an einen aus unserem Biologiekabinett erinnerte. Er hatte mich immer am meisten von allen Dingen fasziniert - neben dem echten Elefantenfuß, der in der Vitrine im Bio-Kabinett lag, seit ich an diese Schule gekommen war. Der Stein schimmerte leicht, wenn es hell war, als würde er das Licht in sich aufnehmen und in allen verschiedenen Farben wieder zurückgeben. Allerdings war er, wenn es dunkel war, einfach nur ein unscheinbarer Stein aus dem Bio-Saal.

Ich packte den kleinen Stein und nahm ihn mit, als Mitbringsel für unsere Biolehrerin, Frau Professor R. Als wir schließlich unten angekommen waren, wurde mir eine 13-Yuans-Münze von meinem Freund in die Hand gedrückt. „Hier um die Ecke ist eine Telefonzelle. Wirf das rein und gib die Nummer deiner Mutter ein. Sag ihr, du bist jetzt länger nicht erreichbar, da du dein Handy verloren hast," trug er mir in ruhigem Tonfall auf.

Ich nickte nur und ging zu der besagten Telefonzelle. Als ich gewählt hatte, hörte ich zweimal ein Piepsen und dann begrüßte mich die Stimme meiner Mutter mit einem leisen: „Hallo? Wer ist da?“ Hatte sie etwa geweint?

Ich erzählte ihr alles genauso, wie es der junge Mann mir gesagt hatte. Wir vereinbarten, dass ich sie einmal die Woche von dieser Telefonzelle aus anrufen solle.

Nachdem ich aufgelegt hatte, machte ich mich wieder auf den Weg zu dem Ort, wo ich mich von meinem Begleiter getrennt hatte. Doch als ich da ankam, war da niemand außer ein paar Bauern und Kindern. Hilflos blickte ich mich um. Mir fiel in der Mitte des Dorfes ein riesiger Turm auf. Von dort aus konnte man sicher alles überblicken. Als ich oben war, konnte ich meinen Freund am anderen Ende des Dorfes entdecken. Er war nicht schwer zu übersehen in seinem Pelzmantel.

Ich ging schnell in die Richtung, in der ich meinen Freund vor kurzem noch gesehen hatte. Als ich bei ihm war, fragte ich ihn, was er hier wollte, doch als der Mann sich umdrehte, konnte ich erkennen, dass es nicht mein Begleiter war. Auch wenn ich mir langsam Sorgen um ihn machte, blieb mir nichts anderes übrig, als wieder zurück zum Bergkloster zu gehen, und ich begann mit dem mühsamen Aufstieg. Meine verletzte Seite schmerzte immer mehr.

Plötzlich fiel mir ein Seil entgegen. Zumindest ein Ende davon. Ich hielt mich mit meiner beinahe tauben Hand daran fest und versuchte mit der anderen mich noch am Berg zu halten. Ich band mir das Seil um, und wurde mit einem plötzlichen Ruck hochgezogen. Ich wurde an dem Plateau, an dem wir vorher gerastet hatten, vorbei gezogen bis nach oben. Oben wartete meine Begleitung auf mich. Er erklärte mir, er habe gesehen, dass ich den Aufstieg kaum allein schaffen würde. Und, dass er sich deshalb gleich wieder auf den Weg nach oben gemacht habe. Als ich zu…

* * *

„Weiter!“, verlangte Louis, der sich an Svens Arm geklammert hatte, und von der Geschichte völlig in den Bann gezogen schien, aber Magdalena hielt nur ratlos das Heft in den Händen.

„Da steht nicht mehr,“ sagte sie. „Die restlichen Seiten fehlen. Außerdem bin ich mir nicht sicher, ob das wirklich ein Tagebuch ist. Ich meine, das liest sich eher wie der Anfang von einem Roman oder so...“

Sven seufzte. „Ich glaube, das hat uns auch nicht weitergeholfen.“ Ein pochendes Schwindelgefühl packte ihn und er fasste sich an die Schläfen. „Anstatt hier weiter irgendwelche Geschichten zu lesen, sollten wir vielleicht etwas tun, bevor die Schulseele auf Wanderschaft geht und wer-weiß-was anrichtet.“ Er stöhnte unwillkürlich auf. „Spürt ihr das auch?“

Fae, die plötzlich verdächtig blass um die Nase war, nickte nur.

„Aber was sollen wir tun? Ohne Sprachrohr...“

„Wir wissen von einem Sprachrohr!“, warf Magdalena ungeduldig ein und stützte sich an der Wand ab, als ihre Beine plötzlich nachzugeben drohten. „Diese blöde Schatulle!“

„Müssen wir jetzt sterben?“, fragte Louis leise, dessen Gesichtsfarbe von einem gräulichen Weiß zu einem ungesunden Grün wechselte.

Sven legte dem Jungen den Arm um die Schultern und schüttelte nur den Kopf.

„Ohne Ssssprachrohr geht gar nichts,“ zischte das Krokodil. „Aber so schlimm ist das auch wieder nicht,“ wandte es sich aufmunternd an Louis. „Das mit dem Sterben meine ich. Als ich das letzte Mal gestorben bin, hab ich es gar nicht mitbekommen.“

Magdalena verkniff sich den Hinweis, dass das Krokodil erstens mit einem sudanesischen Zauber belegt, und zweitens ausgestopft war. Immerhin brachte Louis wieder ein halbherziges Lächeln zustande.

„Halt!“, fuhr da plötzlich Cassandra auf. Die anderen schauten sie entgeistert an. „In diesem Tagebuch-Roman-Dings war sehr wohl ein Hinweis auf noch ein Sprachrohr! Dieser Stein!“

„Welcher Stein?“ Fae zog die Brauen hoch.

„Der Stein aus dem Bio-Kabinett. Der Typ erzählt doch davon, dass er genau einen schimmernden Stein auch auf dem chinesischen Berg gefunden hat! Das könnte doch so etwas sein – oder?“

„Das klingt plausssibel,“ bestätigte das Krokodil.

„Dann suchen wir doch den Stein!“

„Und die Schatulle vorsichtshalber auch,“ warf Magdalena ein.

„Ich wollte schon immer mal allein ins Bio-Kabinett,“ sagte Louis und sein blasses Lächeln weitete sich zu einem Grinsen aus.

Das Sprachrohr

Ida Stettner

Cassandra hatte mich als den Kleinsten losgeschickt. Ich sollte die beiden Tagebücher holen, in denen wir Hinweise auf die möglichen Sprachrohre entdeckt hatten. Wir waren uns uneinig, ob wir uns zuerst im Chemiekabinett nach der Schatulle umsehen sollten oder lieber im Biologiesaal den Stein suchen sollten. Magdalena und Fae hatten begonnen zu streiten, was wahrscheinlicher war: Dass sich die Schatulle noch im Chemiekabinett befand oder dass der Stein aus dem anderen Tagebuch - wenn es denn ein Tagebuch und kein Romanbeginn war - wirklich im Biologiekabinett lag.

Sie wollten nun nachlesen, wie genau der Stein in der Geschichte erwähnt wurde. Svens Einwand, dass wir, würden wir uns nicht einigen, uns doch einfach aufteilen sollten, wurde von Fae und Magdalena ignoriert. Anscheinend ging es ihnen inzwischen vor allem darum, Recht zu haben. Am Schluss hatte Cassandra verkündet, dass wir so doch ohnehin nicht weiterkämen und sie hatte mich angewiesen, zurück ins Archiv zu laufen, um die Bücher zu holen. Inzwischen war ich im ersten Stock angekommen. Da wurde mir plötzlich schwindelig.

Es wurde immer schlimmer, je später es wurde. Mir wurde schwarz vor Augen, wie wenn man zu schnell aufsteht, und mein Kopf brummte. Ich stützte mich an der Wand ab und wartete. Als es nicht besser wurde, sondern eher schlechter - jetzt wurde mir auf einmal so schlecht, dass ich mich bereits vorsichtshalber nach dem nächstgelegenen Mistkübel umsah - setzte ich mich an die Wand. Es dauerte viel länger als bei vorigen Schwindelattacken, bis ich wieder aufstehen konnte. Erst jetzt begriff ich wirklich, wie ernst die Situation war.

Vorhin im Archiv hatte ich nur plötzlich fürchterliche Angst bekommen, nun sickerte die Erkenntnis so richtig in mein Bewusstsein: Wir würden bald alle sterben. Wie konnte man nur in so einem Moment auch noch anfangen, zu streiten?

Ich ärgerte mich über die anderen, besonders über Magdalena und Fae, und lief los, den Gang entlang zum Archiv. Ich war im Vorraum, als ich eine erneute Schwindelattacke kommen spürte. Ich riss die Tür auf und überlegte, wo wir das Buch hingelegt haben könnten. Mir wurde wieder schlecht und ich schwankte. Vor meinen Augen begann sich alles zu drehen und ich taumelte gegen ein Regal zu meiner Linken. Ich hatte schon Angst, dass mir dasselbe passieren würde wie Fae vorhin und schützte meinen Kopf mit meinen Händen, aber es kam kein Bücherregen herunter geprasselt, sondern nur ein einzelnes Buch. Es fiel neben mir zu Boden.

Ich wartete einige Zeit, damit der Schwindel aufhörte, aber es wurde einfach nicht besser. Benommen richtete ich mich auf und hielt mich an einem Sessel fest. Ich hatte das Gefühl, als würde ich gleich wieder umkippen. Ich kroch bis zum Ende des Raums. Da lag das Tagebuch ja. Ich nahm es, dann hatte ich das dringende Gefühl, als müsse ich noch das heruntergefallene Buch wegräumen. Offenbar hatte die Erziehung meiner Eltern und Lehrer in den letzten Jahren doch etwas gebracht...

Wer wusste schon, ob dieser Stein tatsächlich ein funktionierendes Sprachrohr war? Womöglich würden wir noch einen Text mit einem Hinweis auf einen anderen Gegenstand suchen müssen und dann war es notwendig, dass das Archiv aufgeräumt war.

Ich stand vorsichtig auf, obwohl mir noch immer schwindelig war, und wankte zu dem Buch. Es war eines der alten Klassenbücher, die ganz oben auf dem Regal lagen. Plötzlich fühlte ich mich so, als würde ich gleich noch einmal umkippen und atmete tief ein. Das durfte nicht geschehen. Da bemerkte ich einen Duft. Er war süß und schwer und er erinnerte mich an den Geruch meiner Oma, wenn sie in die Oper ging. Sie benutzte dann immer so ein Parfum.

Moment. Ein süßer Geruch, wie von einem Parfum? Mir kam ein Verdacht. Ich griff nach dem Buch. Tatsächlich! Sofort fiel mir das Lied ein, das Cassandra vorhin vor sich hin gesummt hatte, als sie einen Text las. Ich kannte es nicht und ich hätte wahrscheinlich gar nicht mehr gewusst, dass sie überhaupt etwas gesummt hatte, aber die Melodie war eindeutig dieselbe und ich bekam sie nicht mehr aus meinem Kopf. Konnte das sein? Hatte die ganze Zeit schon ein Sprachrohr hier im Archiv gelegen?!

Im Archiv war es dunkel, deshalb hob ich das blaue Klassenbuch auf und schleppte es in den helleren Vorraum. Tatsächlich! Es begann zu schimmern! Ich musste sofort zu den anderen laufen und ihnen das hier zeigen!

Ich trat aus dem Archiv, aber kaum war ich zwei Schritte gegangen, wurde mir wieder so schwindelig, dass ich tatsächlich umkippte. Ich musste aber in den dritten Stock! Ich rappelte mich mühsam auf und mir wurde so schlecht wie noch nie. Außerdem sah ich wirklich überhaupt nichts, so als hätte sich ein Schleier über meine Augen gesenkt. Ich tastete mich zum Stiegengeländer der Seitentreppe und begann die Stufen nach oben zu steigen. Als ich endlich im zweiten Stock war, fiel ich fast rücklings wieder sämtliche Stufen nach unten und ließ mich auf den Boden fallen. Ich kroch die Stufen bis in den dritten Stock hinauf und stand auf.

Kurz war mir überhaupt nicht schwindelig, aber schon nach wenigen Sekunden war das Gefühl wieder da. Ich beeilte mich. Waren die anderen noch immer beim Biologiesaal? Ich schwankte los. Es war so gespenstisch still in der Schule. Ich ging weiter, jeder Schritt so unbeholfen, als wäre ich gerade aus der Narkose nach einer Blinddarmoperation erwacht.

Ich riss die Tür zum Biosaal auf. Tatsächlich waren sie noch hier und sahen etwas ratlos drein. Ich nahm das Klassenbuch fest in die Hand und schrie: „Ich hab's! Ich hab's!“

Jetzt erst bemerkte ich, dass die anderen nicht viel besser aussahen, als ich mich fühlte. Das war irgendwie auch klar, weshalb sollte denn auch nur mir schwindelig werden? Die Mädchen lehnten an den Wänden, Sven hatte sich auf einen Sessel gesetzt. Magdalena meinte müde: „Wir sind erst einmal hier hinein gegangen – wegen der Tierfänger. Und wir haben so einen Stein gefunden, aber das Schimmern ist nur daher gekommen, dass er Licht wiederspiegelt. Es war nichts und dann ist uns auf einmal wieder wirklich schwindelig geworden. Wir sollten jetzt wohl nach der-“

Jetzt unterbrach ich Magdalena endlich. „Ich meinte doch nicht das Tagebuch! Ich meinte, ich habe ein Sprachrohr gefunden!“

Ich gab ihr das alte Klassenbuch, das hier immer noch schwach funkelte. Aber noch bevor ich zu einer Erklärung ansetzen konnte, hatte ich eine weitere Schwindelattacke und ließ mich auf den Boden sinken.

„Das ist doch nur ein Klassenbuch!“, brummte sie, während sie begann *A yellow Submarine* zu summen.

Dumm waren die anderen ja hoffentlich nicht, sie würden sich schon selbst überzeugen können, dass das kein gewöhnliches Klassenbuch sein konnte. Das Krokodil zischte etwas, das mich entfernt an den Radetzky-Marsch erinnerte. Ich sah noch, wie sich Sven und Cassandra um Magdalena und das Buch versammelten, Fae begann zu pfeifen – und dann musste ich die Augen schließen, weil sich schon wieder alles zu drehen begann, diesmal gegen den Uhrzeigersinn.

DIE ALLERBESTE SCHULE

Ifeoma Moira Ikea

Das Buch wirkte auf den ersten Blick normal - wäre davon kein so penetranter Blümchengeruch ausgegangen. „Und wir sollen jetzt dem Ding erklären, warum die Schule gut ist?“, fragte Cassandra an das Krokodil gewandt, welches kurz nickte.

„Ja, und sszwar schnell,“ meinte es.

„Und das funktioniert?“

„Das letzte Mal schon,“ erwiderte das Krokodil.

Sven sparte sich die Frage, wann denn das letzte Mal gewesen war, dass sich das Tier mit der Seele der Schule via Klassenbuch unterhalten hatte.

„Beeilung!“, zischte das Krokodil. „Wenn die Seele sich einmal losgerissen hat...“

Der Rest war den Schülern klar. Ihnen allen war schwindlig, Fae wurde regelmäßig schwarz vor Augen und Louis war mittlerweile ohnmächtig. Jedenfalls lag er da und war nicht mehr ansprechbar. Sven hatte ein ungutes Gefühl, wenn er das bleiche Gesicht des Kleinen sah, aber sie hatten nun eine andere Aufgabe. Alles, was sie tun mussten, war, dem Buch, und damit dem Schulgeist, mitzuteilen, warum sie diesen Standort liebten. Warum die Seele hier am Tummelplatz genau richtig war.

Aber wie? Wie um Himmels willen sollte man der Seele einer Schule mitteilen, dass sie lieber doch nicht ein paar Straßen weiterziehen sollte?!

„Ich mag die Schule wie sie ist, weil das Buffet im zweiten Stock und dadurch ziemlich in der Mitte ist“, sagte Fae und ging dabei mit dem Gesicht so nah an das Klassenbuch wie möglich. Ein bisschen lahm kam ihr diese Erklärung schon vor, aber auf die Schnelle war ihr nichts Besseres eingefallen.

Es tat sich genau gar nichts…

„So funktioniert das nicht…," murmelte sie und sah das Krokodil hilfesuchend an, welches allerdings nur träge blinzelte und nur einen Augenblick danach einzuschlafen schien. „Hat einer von euch eine Idee, wie wir das anstellen sollen…?"

Unangenehmes Schweigen legte sich über die Gruppe, und sie starrten auf das Sprachrohr, als könnte es ihnen jeden Augenblick eine passende Antwort entgegenschleudern. Sie fühlten sich hilflos, leer, und der ständige Schwindel war zu einem dumpfen Brausen hinter ihren Schläfen geworden. Die Stimmung war zum Zerreißen gespannt. Als Sven schließlich einen Vorschlag machte, schien es kurz, als würde der gesamte Raum explodieren. „Warum schreiben wir nicht einfach in das Buch? Ich meine, es ist immerhin aus Papier...", sagte er.

In stummer Zustimmung, vermutlich weil die meisten Anwesenden Angst hatten, sich zu übergeben, sobald sie den Mund öffneten, begannen die Mädchen in ihren Taschen nach Stiften zu kramen. Es war Cassandra, die als Erste einen Kugelschreiber fand und damit auf die Innenseite des Buchumschlages zu schreiben begann.

Der erste Einfall, der ihr kam, waren die Straßenlaternen, die man vor nicht allzu langer Zeit an der Außenwand angebracht hatte. Irgendein Kunstprojekt, aber doch etwas Besonderes.

Unsere Schule ist toll, weil sie an der Außenwand Laternen hat.

Zu allererst schien sich nichts zu tun. Panik kroch in den Kindern hoch, als sie nervöse Blicke austauschten. Wenn das nichts brachte, waren sie so gut wie tot - atmete Louis überhaupt noch?

Doch dann öffneten sich plötzlich seine Augen. Nein, nicht die von Louis. Die des Krokodils! „Machtszsss weiter...," zischte es und bewegte den Kopf ruckartig in Richtung des Buches, was ein leichtes Krachen in der präparierten Haut verursachte.

Erleichtert, wenigstens irgendein Feedback bekommen zu haben, begannen nun auch Sven, Fae und Magdalena Vorschläge an das Buch zu machen.

„Die Schule ist in der Innenstadt. Das ist echt praktisch", sagte Fae. „Wegen der Bim und so..."

„Außerdem ist sie übersichtlich", fügte ihr Bruder hinzu.

Magdalena meinte: „Die Lehrer sind fast alle echt nett. Und wir sind in der Nähe eines Buchladens!"

Nach anfänglichem Zögern flogen die Ideen ihnen nur so zu, und mit jedem Wort, das sie auf die Seiten schrieben, schien der Druck, der auf den Schülern lastete, geringer zu werden. Sven atmete durch und sah zu Louis hin, dessen gräulich-weiße Gesichtsfarbe langsam wieder etwas rosiger zu werden begann. Es war wirklich eine blöde Idee gewesen, ausgerechnet den Kleinen noch einmal zurück ins Archiv zu schicken...

Unsere Schule ist toll, weil es interessante Fächer gibt, die man sonst nicht lernen kann.

Altgriechisch. Sven musste bei dem Gedanken an den Blick seiner Volksschulfreunde schmunzeln, als er ihnen mitgeteilt hatte, dass er in eine Schule gehen würde, in der man Urzeit-Griechisch lernen konnte, jedenfalls war das damals deren Vorstellung von

Alt-Griechisch gewesen. Außerdem gab es sonst wirklich kaum eine Schule in der Steiermark, die dieses Fach noch anbot.

Ich mag das Gebäude, weil das Bio-Kabinett mit dem Biosaal verbunden ist und es viele ausgestopfte Tiere darin gibt.

Magdalena warf einen Seitenblick auf das Krokodil, ob es die Anspielung auf die ausgestopften Exponate persönlich nahm. Immerhin waren einige davon bereits richtig alt – mindestens so alt wie das Krokodil. Aber das Reptil starrte nur mit einem zufriedenen Zischen auf das Sprachrohr, dessen Seiten sich langsam füllten.

Wir haben nicht zu viele und nicht zu wenige Schüler.

Die Schule ist toll, weil sie so bunt ist wie ihre Schüler.

Das Gebäude ist schön, weil es alt ist.

...und eine steinalte, mächtige Seele hat.

Im Boden sind Fossilien.

Stimmt, dachte Cassandra. Da war doch wirklich so ein besonderer Marmor, in dem man urzeitliches Getier entdecken konnte. In der ersten Klasse hatte sie sogar einmal einen kapitalen Zusammenstoß mit einem Professor gehabt, weil sie vor lauter Begeisterung nicht geschaut hatte, wo sie hinging.

Man kann hier Neues lernen.

...wenn man den Lehren zuhört, präzisierte Fae für sich. Dass es in manchen Stunden auch einmal etwas Interessanteres geben konnte, als den jeweiligen Stoff, musste die Schulseele ja nicht unbedingt wissen.

Trotz der vielen Kinder herrscht meistens Ordnung im Haus.

Die Graffiti-Wand im ersten Stock ist wirklich cool, und ich kenne keine andere Schule, die so etwas hat.

Wir haben eine Schulbibliothek mit interessanten Büchern.

...und ein Archiv mit noch viel interessanteren Büchern, fügte Magdalena in Gedanken hinzu.

Im Innenhof gibt es Pflanzen und viele davon kann man auch essen.

Die Wände sind nicht einfach bloß weiß, und die Türen sind pink.

Die Treppen sehen toll aus.

Die belastende Atmosphäre löste sich langsam auf, und die Schüler spürten eine bleierne Müdigkeit. Die Erschöpfung durch all die unglaublichen Dinge, die sie in den letzten Stunden erlebt hatten, und die Angst um ihr Leben machte sich langsam bemerkbar. Magdalena konnte den Stift kaum mehr halten, so schwer wurde ihre Hand. Die erste, die einschlief, war Fae, kurz darauf folgten Magdalena und Sven.

Cassandra schaffte es gerade noch, einen letzten Satz zu schreiben bevor der Schlaf auch sie übermannte.

Ich liebe die Schule, denn neben dem Lernen und anderen interessanten Dingen kann man hier auch Freunde finden.

Tatsächlich rührten diese Worte die alte Seele der Schule sehr... Im Grunde war es doch egal, wo man war. Wichtig für eine Schule waren die Kinder und Erwachsenen, Schüler und Lehrer, die sie zu dem machten, was sie war: Ein Ort, an dem man sich Wissen aneignete und aufs Leben vorbereitet wurde. Und dieser Platz in der Bürgergasse 15 erfüllte seinen Zweck ausgezeichnet.

Louis, Fae, Sven, Cassandra und Magdalena schliefen …und so war es das Krokodil, welches als einziges mit ansah, wie das Schillern des Buches erlosch. Der alte Geist der Schule konnte nach so langer Zeit wieder zur Ruhe kommen.

Ein sanftes Lächeln huschte über sein schuppenbedecktes Reptiliengesicht. Sie brauchten nun keine Sprachrohre mehr, die Schule würde von alleine zuhören.

Ende

Ifeoma Moira Ikea

„Ihr habtsss gessschafft!," zischte das Krokodil begeistert und gab ein erleichtertes Knurren von sich, das allerdings eher erschreckend wirkte und mich auffahren ließ. Ich rieb mir den Nasenrücken und brauchte einige Augenblicke, um mich zu orientieren. Immerhin kam es nicht regelmäßig vor, dass man am Boden vor dem Biologiesaal aufwachte. Ich sah mich um und bemerkte sogleich einen großen Unterschied.

Das Schwindelgefühl und mein enormer Drang, mich zu übergeben, waren verschwunden. Aufstehen kam mir so herrlich einfach vor, immerhin hatte ich in der letzten halben Stunde keine drei Schritte machen können ohne zu wanken. „Hey, Sven, die Schule hat aufgehört sich zu drehen", witzelte ich und trat meinen Bruder leicht in die Seite.

„Hab ich gemerkt," lautete seine knappe Antwort, ehe er sich nach Louis umsah.

Anscheinend hatten sich die anderen noch nicht ganz gesammelt. Cassandra hielt immer noch den Stift umklammert und starrte ungläubig auf den Umschlag des Klassenbuches, das sie vollgeschrieben hatte. Magdalena tätschelte ihr mechanisch den Arm. Louis saß am Boden und blinzelte in die Runde, als wäre er gerade erst zu sich gekommen.

„Aufgewacht!", rief ich und klatschte laut, um die Aufmerksamkeit meiner Kollegen auf mich zu ziehen.

Keiner schien daran zu denken, dass sich immer noch zwei Tierfänger im Gebäude befanden… naja im Angesicht des Todes waren mir die auch recht egal gewesen.

Aber jetzt sah es anders aus. Die Schulseele schien ihr Heimweh überwunden zu haben, aber unser Krokodil durfte unter *gar keinen* Umständen in einen Zoo oder ein Tierheim kommen! Immerhin war es ein fixer Bestandteil des Akademischen Gymnasiums! Der Wächter der Schule!

Ich lauschte auf die Stimmen von Erwachsenen, konnte allerdings keine hören. Gut, das bedeutet dann wohl, sie sind nicht im dritten Stock, dachte ich erleichtert und wartete, bis sich Magdalena, Cassandra, Sven und Louis gesammelt hatten und aufstanden.

Kaum, dass sie ihre Sinne wieder beisammen hatten, begannen sie alle durcheinander zu reden. Es ging darum, was wir nun tun sollten. Ich begann gerade: „Wir soll..." - Da unterbrach mich Magdalena: „Nun ja, wir sollten uns einfach durch den Seiteneingang nach draußen und nach Hause schleichen. Es muss ja niemand wissen, dass wir die ganze Zeit in der Schule waren."

Sven nickte sofort und Louis rief: „Und was sollen wir zu Hause sagen?"

Cassandra zuckte die Schultern und meinte: „Wir sagen einfach, dass die Schule evakuiert wurde, und wir deshalb zu spät gekommen sind. Das werden auch alle Leute bestätigen können…"

Gerade als ich das Gespräch unterbrechen und sagen wollte, dass wir uns beeilen mussten, um das Krokodil irgendwie zu verstecken, meldete es sich selbst zu Wort.

„Ich muss zssurück an meine Wand. Und zwar jessszt," stellte das Reptil klar. „Esss war mir ein Vergnügen." Ohne auf uns zu warten, setzte es sich in Bewegung, um hinunter ins Erdgeschoss zu kommen, wo die Plakette mit der Beschreibung des sudanesischen Nilkrokodils von 1911 schon viel zu lange einsam über dem Milchautomaten hing.

„Hey, Moment!“, rief Magdalena und hob den Schlüsselbund hoch.

Wir hatten auf unserer Suche nach dem Sprachrohr vor allem eines gelernt, und zwar, dass Krokodile nicht fürs Treppensteigen gebaut waren. Also nahmen wir alle den Aufzug ins Erdgeschoss - ein Vorzug, den normalerweise nur Lehrer genossen. Daran konnte man sich ja fast gewöhnen!

In wenigen Minuten standen wir alle vor der „Krokodil-Wand“. Die Metallhalterungen waren noch da und glücklicherweise intakt, aber irgendjemand musste das Krokodil jetzt hochheben.

„Sag mal, bist du nicht viel zu schwer, um da hoch zu kommen?“, fragte ich und verzog das Gesicht beim Gedanken, womöglich noch diejenige zu sein, die das Tier hochheben musste…

„Kein Problem,“ zischte das Krokodil nur und kletterte auf den Tisch, der vor dem Milchautomaten stand.

Zum Glück stellte sich heraus, dass ausgestopfte Nilkrokodile nicht viel mehr wogen als eine durchschnittlich schwere Schultasche. Sven stellte sich auf einen der Stühle der Lerninsel und hielt es an Ort und Stelle hoch, während wir anderen versuchten, die Metallhalterungen wieder zu schließen, in denen das Krokodil die letzten Jahre verbracht hatte.

Während wir uns abmühten, bemerkten wir, dass das Krokodil immer ruhiger wurde, und mit einem letzten zufriedenen Zischen hing es schließlich wie jedes andere riesenhafte, ausgestopfte Reptil an der Wand.

* * *

„Was macht ihr da?“, hallte plötzlich eine Stimme durch das Erdgeschoss und brachte die Schüler, die gerade das Krokodil an seinen Platz zurückgebracht hatten, zum Herumfahren. Sven stand immer noch auf einem der Plastikstühle, die zur Lerninsel gehörten, und hatte soeben das letzte Metallband am Krokodil befestigt.

Hastig stieg er hinunter und starrte, wie die anderen vier auch, erst einmal die beiden Männer vor ihnen an. Anhand ihrer Uniformen und der großen Fangschlingen konnte man sie bereits auf den ersten Blick als Tierfänger identifizieren.

„Hey, ich glaub ich hab unser Krokodil gefunden“, lachte einer der beiden und deutete auf das ausgestopfte Reptil an der Wand, was der andere jedoch nicht sehr witzig zu finden schien.

„Das ist kein Scherz! Wir suchen hier ein echtes, lebendiges Krokodil und haben stattdessen einen Haufen Schüler gefunden!“, regte dieser sich auf und drehte sich dann zu Fae um.

„Was macht ihr hier? Die Schule wurde evakuiert!,“ fragte er mit leicht aggressivem Unterton, an dem man schon auf zehn Meter Entfernung erkennen hätte können, dass ihm dieser Arbeitstag gewaltig auf die Nerven ging.

Zur Überraschung aller, und vor allem ihrer eigenen, stotterte Fae kein bisschen, als sie begann, sich vor den Augen der Tierfänger eine vollendete Lügengeschichte auszudenken. „Wir haben uns versteckt…“, begann sie zu erzählen. „Weil wir nämlich ein... Pappmaschee-Krokodil gebastelt haben, um unsere neue Unterrichtspraktikantin zu erschrecken. Aber wie Sie sehen, ist das Ganze ein bisschen... komplett eskaliert. Sie hat plötzlich die Direktorin alarmiert und alle sind rausgegangen,“ fuhr sie fort und zuckte mit den Schultern als wolle sie sagen, so etwas könne doch jedem einmal passieren.

„Aha...," brummte der eine der Männer und kratzte sich am Kinn. „Und warum seid ihr nicht auch raus, als hier alles evakuiert wurde?", fragte der Tierfänger, während sein Kollege sich eine Erdbeermilch aus dem Automaten holte und „Siebzig Cent… so ein Wucher," murmelte.

„Naja, wir mussten doch das Pappkrokodil beseitigen! Wissen Sie, wie viel Zeit es braucht, so etwas aufzulösen?", warf nun Magdalena mit entrüstetem Tonfall ein.

„Wirklich lange… aber dafür sind keine Spuren mehr da," bestätigte Cassandra die Aussage ihrer Freundin.

Der Tierfänger wollte diese Geschichte zuerst nicht recht glauben. Er hätte doch so gerne ein echtes Krokodil mitten in der Grazer Innenstadt gefangen… „Eure Professorin sagte aber, dass das Krokodil ihr gefolgt sei", warf er ein, in der Hoffnung, dass sie ihre Lügen gestehen und ihn zum größten Meilenstein seiner Karriere führen würden.

„Wir hatten natürlich ein ferngesteuertes Auto drin eingebaut," sagte Fae, als wäre es das Offensichtlichste der Welt, und sah dem anderen Tierfänger zu, welcher gemütlich seinen Plastikbecher leertrank.

„Seien Sie doch froh, das hier nicht wirklich ein Krokodil ist. Das wäre doch sehr gefährlich," meinte Louis und vollführte das unschuldigste Erstklässler-Lächeln, das man sich nur vorstellen konnte.

„Kann ich denn dieses Auto sehen?", fragte der andere, nachdem er den leeren Becher mit einem gezielten Wurf neben den Mistkübel befördert hatte, und verschränkte die Arme.

Die Schüler taten das einzig Mögliche und antworteten unisono: „Nein."

Gerade, als er sich aufregen wollte, warf sein Kollege ein: „Leb' doch damit, dass es hier kein echtes Kroko-Vieh gibt, Karl. Die Zwerge haben halt ihrer Lehrerin einen depperten Streich spielen wollen und es ist ein bisschen blöd gelaufen…," sagte er und sah mehrmals sehnsüchtig auf seine Armbanduhr.

„Sie könnten doch so tun, als hätten sie ein Krokodil gefangen und dafür früher Schluss machen", schlug Louis vor, der den Blick bemerkt hatte.

Die anderen sahen ihn an, als hätte er den Verstand verloren. So einer Idee konnte doch niemand ernsthaft zustimmen!

„Das mit dem Krokodil wird schwierig," meinte der eine, doch der ältere Tierfänger nickte ganz begeistert.

„Aber heimgehen können wir trotzdem."

„Tolle Idee!", stimmte er zu und packte seinen Kollegen bei der Schulter. „Komm. Wir gehen jetzt, bevor noch irgendwer von denen da draußen auf die Idee kommt, uns zu interviewen, und ich schreibe einen langen Bericht darüber wie heldenhaft du *kein* Krokodil gefangen hast," sagte er und schob ihn bereits vor sich her zum Seiteneingang… der jetzt anscheinend offen war.

„Und ihr geht besser heim!," meinte er noch, ehe er mit seinem Kumpanen durch die Tür verschwand.

Die Schüler sahen zum Krokodil hinauf, welches sich allerdings weder bewegte noch andere „Lebenszeichen" von sich gab… beinahe hatte man schon das Gefühl, die ganze Geschichte sei nur ein Fantasy-Roman gewesen, aber ihre deutlichen, lebhaften Erinnerungen sowie die restlichen Staubfusel in Faes Haaren sprachen klar dagegen.

Plötzlich kam ihnen die Situation schrecklich komisch vor und alle brachen in ein befreiten Lachen aus.

Dann fiel Sven jedoch etwas ein: „Morgen werden wir sicher bei der Direktorin aufmarschieren müssen..." Ein unangenehmes Schweigen machte sich breit.

„Aber wir werden alle gemeinsam zu ihr gehen," meinte Cassandra.

„Sind wir jetzt eigentlich alle Freunde?", brach Louis schließlich die Stille. Es war ihm sehr wichtig, das zu wissen.

Sven nickte. „Ja, sind wir." Er sah herausfordernd zu Fae und Magdalena hin. „Sogar die beiden." Diese Aussage fing ihm empörte Blicke von zwei Augenpaaren ein, aber keine widersprach.

„Gut", lautete die erleichterte Antwort des Erstklässlers, die von einem breiten Grinsen untermalt wurde. „Das heißt, wir fliegen dann auch alle gemeinsam von der Schule?"

Für einen Moment machte sich Entsetzen breit, als den Schülern diese Möglichkeit dämmerte, dann aber meinte Sven: „Nicht, wenn wir morgen wieder so eine gute Ausrede parat haben."

Zuversichtlich marschierten sie zum Seitenausgang und schlüpften hinaus, ehe noch irgendwer von den Erwachsenen draußen sie bemerken konnte.

„Freiheit!"

„Naja… nur bis morgen…"

ENDE

Das Team hinter den Seiten

Autorinnen und Autoren

Lando-Liv del Fabro

Mit ihren wundervollen langen Haaren und ihrem bezaubernden Lächeln sieht Lando-Liv bisweilen selbst aus, als wäre sie einer Geschichte entsprungen – aber sie kann auch die Leser und Leserinnen ihrer Texte zum Schmelzen bringen. Sie ist mitfühlend und kann auch viel Gefühl in ihre Texte legen.

Milan Feyferlik

Dass Milan ausgesprochen furchtlos ist, zeigt sich nicht nur darin, dass er selbst bei kältesten Temperaturen eine kurze Hose trägt, er behält auch beim Schreiben einen kühlen Kopf. - Immerhin ist er nicht nur richtig sportlich, sondern könnte auch problemlos einen Lese-Marathon gewinnen.

Anna Larissa Fischer

Sie hat die Zeit zwar nicht erfunden, aber sie hat darüber geschrieben – und zwar in diesem Buch! 1889 hätte sie damit sicherlich die Matura bestanden! Zum Glück entstehen bei ihr sogar unter Zeitdruck äußerst philosophische Texte.

Svenja Goecke

Auf den ersten Blick scheint sie vielleicht still, aber wenn sie Stift und Papier zur Hand nimmt, gehen ihr die Worte nie aus!

Ifeoma Moira Ikea

Sie liebt Buchstaben (vor allem in Form von Büchern, Manga – und Suppe). Glücklicherweise kann sie aus ihnen auch noch spannende Geschichten machen, und hat beim Entwurf und der Umsetzung der Rahmenhandlung mit ihren Ideen für reichlich Spannung gesorgt.

Allegra Ketscher

Sie ist lustig, ausgesprochen schlau, und spannende Geschichten scheinen nur so aus ihr herauszusprudeln.

Ferdinand Kienreich

Er ist nicht nur ein Mathe-Genie, sondern kann auch genial schreiben. Denn selbst wenn er gerade simultan an zwanzig andere Dinge denkt (und diese mit der Wurzel aus neun multipliziert), kann er etwas Kreatives zu Papier bringen.

Lara Königsberger

Sie ist ein bisschen „verrückt“ und auch chaotisch, aber vor allem ist sie unheimlich lieb. Sie schreibt gerne Geschichten – eine Grundvoraussetzung, um bei diesem Projekt dabei zu sein – und liebt es, zu zeichnen.

Helene Lanschützer

Diese junge Autorin schreibt ihre Geschichten mit viel Witz und Humor und einem schier unendlichen Fundus an spannenden und überraschenden Ideen. Wer weiß, was aus dem Krokodil in der Schule geworden wäre, hätte sie nicht auch an der Rahmenhandlung mitgebastelt.

Laura Menapace

Sie ist immerzu gut gelaunt und liebt es zu zeichnen - vor allem Manga. Diesmal hat sie aber unser Buch mit einem süßen Liebesbrief bereichert. Dass sie zudem ein bisschen „verrückt“ ist, liefert die passende Würze zu ihren Geschichten.

Anna Penker

Ihre Texte sind spannend und voller unerwarteter Ideen (was auch daran liegen könnte, dass sie praktisch alles liest, was lange genug stillhält). Es kann ihr gar nicht spannend genug sein und wenn sie könnte, würde sie alle Geschichten noch spannender gestalten – ungefähr so, wie das Ende von Hamlet. Gut, dass unser Roman nicht ganz so schlimm endet.

Anna Schlegl

Ihr Ehrgeiz macht auch vor ihren Geschichten nicht halt. Am liebsten würde sie wahrscheinlich jeden Aufsatz, den sie in der Schule schreibt, wenigstens zu einem kleinen Roman ausbauen – wenn sie nur die Zeit dafür hätte. Wäre sie nicht auch Teil des Teams für die Rahmenhandlung, wäre das Finale dieses Romans wohl kaum zu so einem nervenaufreibenden „Wettlauf“ gegen die Zeit geworden.

Ida Stettner

Sie ist sehr enthusiastisch, egal aus welchem Grund. Ich bin mir sicher, gerade ruft sie: „Hurrah, unser Buch ist aus Papier!“ Aber nicht nur das: mit dieser Begeisterung verleiht sie ihren Geschichten eine ganz besondere Lebendigkeit.

Jakob Steurer

Er hat ein Talent für schlaue Geschichten; er kann so spannend schreiben, dass man sich manchmal fragt, ob das alles nicht womöglich wirklich passiert ist. Außerdem ist er fröhlich und hat immer ein paar Ideen in Reserve.

Janik Stransky-Heilkron

Auch wenn sein Humor schwarz wie die Nacht ist, geht ihm regelmäßig ein Licht auf – vor allem, wenn er seine spannenden Geschichten schreibt, die bisweilen die Ausmaße eines kleinen Romans annehmen. Es ist wohl nur noch eine Frage der Zeit, bis er sein erstes eigenes Buch veröffentlicht.

David Till

Er ist ein schlauer Schüler und besitzt ein überaus kreatives, buntes Gehirn. Er denkt immer positiv – auch wenn er (in seinen Geschichten!) von einem Krokodil heimgesucht wird.

Maximilian Wiltschko

Er mag zwar beim ersten Kennenlernen ein bisschen ruhig wirken, doch sobald er kreativ werden kann und selbst etwas erfindet, entfaltet sich sein volles Potential.

Iris Wimmer

Sie weiß immer, was sie will. Sowohl im Leben, als auch in ihren Texten. Sie zieht „ihr Ding" durch und ist sehr ehrgeizig, was sich auch an ihrem ausgefeilten und emotionalen Schreibstil zeigt.

Illustrationen

Caterina Boulgaropoulos

Auch wenn sie nicht von riesenhafter Statur ist, hat sie einen umso größeren Schatz an kreativen Ideen und schwingt mit der Begeisterung eines Kampfzeichners ihre Stifte.

Tilman Riegler

Wenn es das Wort „quirlig" nicht schon geben würde, hätten wir es für ihn erfinden müssen. Zudem ist er ein junger Schauspieler und hat deshalb bereits Erfahrung mit spannenden Geschichten. Er zeichnet mit größter Begeisterung und hat so viel Phantasie, dass seine Ideen förmlich aus ihm heraussprudeln.

Marie Romich

Weder unfertige Texte noch Zeitdruck hindern sie an der Anfertigung von tollen Zeichnungen. Sie weiß genau, wo ein Strich noch fehlt, um ein Bild zu vervollständigen. An Vorstellungskraft und kreativen Phasen mangelt es ihr auf gar keinen Fall. Spielereien mit Worten und Farben stehen ganz oben auf dem Plan.

Chiara Versic

Sie kann nicht nur witzig schreiben, sondern hat auch ein angeborenes Zeichentalent. Ohne sie würde in unserem Buch sicher etwas fehlen!

Organisation und Lektorat

Caroline Auer

Sie ist ein ziemlich verrücktes Mädel, das in den langen Pausen gerne am Gang herumturnt und immerzu einen Witz parat hat. Ohne sie wäre es wohl nur halb so lustig, einen ganzen Roman auf die Beine zu stellen.

Paul Eber

Wenn es darum geht, Mails weiterzuleiten oder AutorInnen (und IllustratorInnen) an Deadlines zu erinnern, ist er der Richtige. Er ist außerdem stets bereit, auch ohne Schutzkleidung auf Tippfehlerjagd zu gehen und fängt furchtlos verschollene Beistriche ein. Nicht auszudenken, was aus diesem Buch geworden wäre, wenn er nicht den Überblick gehabt hätte!

Katarina Knapp

Sie ist zwar eine unserer „jüngeren" Mitarbeiterinnen, aber nichtsdestotrotz ein wichtiger Teil des Organisationsteams!

Lola Knoch

Weder die Sticheleien von Erstklässlern noch allfällige Organisationsprobleme sind für sie eine Hürde, denn sie hat den Überblick. Sanfte Gewalt ist bei ihr immer eine Lösung, wenn es gilt, Termine einzuhalten.

Roman Lanschützer

Selbst wenn er sich in den (Un-)Tiefen der Mathematik vergräbt, hat er immer einen klugen Spruch auf der Zunge. Gott sei Dank ist er auch noch ein Organisationstalent!

Gudrun Schutting- Wieser

Sie ist eine der wenigen Menschen, die neben einem USB-Stick bisweilen auch noch ein weiteres „externes Hirn" hat, vornehmlich einen Schüler oder eine Schülerin, die zum Sachen-Merken abkommandiert werden. Zum Glück, denn in ihrem oft übersprühenden Tatendrang ist es kein Wunder, dass sie hin und wieder Dinge wie z.B. ihre Kreiden, den eigenen Kopf (oder den Schlüssel, die Kopierkarte, die Schularbeiten...) vergisst.

Inhaltsverzeichnis

Vorwort I....................5

Vorwort II....................7

Wie alles begann....................11

Allein in der Schule....................23

Der geheime Raum....................44

Eine Stimme aus der Vergangenheit....................47

Eine schriftliche Deutschmatura....................57

Ewigkeit....................62

Der Lauf der Zeit....................64

Draußen vor den Toren....................68

A. U. simuliert den Inspirationsprozess....................73

Ein unerwarteter Brief....................77

Krokodil gefällig?....................81

1985: Ein Liebesbrief im Lateinunterricht....................89

Ein interessanter Vorfall....................94

Der fliegende Tod....................99

Projekt Krokodilfang....................102

Eine Erzählung....................106

Karzerbericht....................109

Brief an den Direktor 112
Die Liebe der Krokodile 114
Raus aus dem Archiv! 115
Die Geschichte des Krokodils 126
Tierfänger in der Schule 135
In der Schule auf der Jagd 145
Aus dem Tagebuch eines Professors 149
Aus dem Tagebuch eines Austauschschülers 156
Das Sprachrohr 171
DIE ALLERBESTE SCHULE 176
Ende 182
Das Team hinter den Seiten 190
Autorinnen und Autoren 190
Illustrationen 194
Organisation und Lektorat 195